Karin Nitzschmann

Die phantastische Welt des Harry Potter

In den Harry-Potter-Romanen begegnen Leserinnen und Leser der Magie, der Allmacht der Gedanken, Gespenstern sowie tierischen, menschlichen und pflanzlichen Fabelwesen. Diese entstammen der keltischen, antiken und christlichen Mythologie. Sie werden mit realen menschlichen Gefühlen und Reaktionen des Erschreckenden und Unheimlichen ausgestattet und bleiben doch erträglich, so dass der Leser weiß: Das ist alles Zauberei.

Mit diesem Wissen um die Illusionen können innere, mit lustvollen und auch angstvollen Affekten besetzte Bilder Raum bekommen. Daher tauchen Leserinnen und Leser verschiedenster Altersgruppen nicht nur in die Welt des Zaubers von Harry Potter ein, sondern auch in ihre eigene psychische Wirklichkeit.

Die Autorin:

Karin Nitzschmann, Dr. phil., Dipl.-Psych., Dipl.-Päd., Psychologin, lange Jahre Lehrerin an der Schule für Krankenhaus- und Hausunterricht in Bremen und freie Mitarbeiterin im Transferzentrum BITAP an der Universität Bremen. Bei Brandes & Apsel erschien: *Verweigerung macht Sinn* (2000).

Karin Nitzschmann

Die phantastische Welt des Harry Potter

Analyse des siebenbändigen Entwicklungsromans

Brandes & Apsel

Sie finden unser Gesamtverzeichnis mit aktuellen Informationen im Internet unter: www.brandes-apsel-verlag.de
Wenn Sie unser Gesamtverzeichnis in gedruckter Form wünschen, senden Sie uns eine E-Mail an:
info@brandes-apsel-verlag.de oder eine Postkarte an:
Brandes & Apsel Verlag, Scheidswaldstr. 22,
60385 Frankfurt a. M., Germany

1. Auflage 2007

Umschlaggestaltung und DTP: Franziska Gumprecht, Brandes & Apsel Verlag
Lektorat: Roland Apsel
Korrektorat: Josefine Schubert, Brandes & Apsel Verlag
Druck: Impress, d.d., Printed in Slovenia, Gedruckt auf säurefreiem, alterungsbeständigem und chlorfrei gebleichtem Papier

Bibliografische Information Der Deutschen Nationalbibliothek: Die Deutsche Nationalbibliothek verzeichnet diese Publikation in der Deutschen Nationalbibliografie; detaillierte bibliografische Daten sind im Internet über http://dnb.ddb.de abrufbar

ISBN 978-3-86099-731-4

Inhalt

1. Einleitung

Die Idee zu diesem Buch entwickelte sich zu Beginn des Jahres 2007, als wiederum in den Medien das Erscheinen des nun abschließenden siebten Bandes über Harry Potter angekündigt wurde. In den bisherigen Veröffentlichungen zu diesem Thema konnte deren jeweiliger Fokus – wie zu erwarten – nie mit einem Blick auf das gesamte Werk untersucht werden, was jetzt nicht nur möglich, sondern gleichzeitig zu einer Herausforderung wurde, sich noch einmal mit dem alle bisherigen Dimensionen sprengenden Welterfolg zu befassen, der – PISA zum Trotz – die Welt in eine lesende Gemeinschaft verwandelte.

Am Anfang stand die kritische Frage, was ist das Besondere und Faszinierende an Harry Potter, dass aus einem Roman, aus einem Buch ein mediales Ereignis dieser Größenordnung wird. Gibt es vielleicht etwas, was doch noch nicht gesagt sein könnte?

Bei der Lektüre eines Romans tritt der Leser selbst in eine besondere Beziehung zum Text. Seine Erkenntnis- und Erlebnishaltung erfordern, um untersucht zu werden, eine *Methode*, die diesen Erfahrungen Rechnung trägt. Die Psychoanalyse ist nicht nur eine Theorie über den Menschen, sondern zuallererst eine Erfahrungswissenschaft, in der das forschende Subjekt sich zunächst selbst der Erfahrung seines Gegenstandes, hier des Romans, überlässt, dann jedoch sein *Erleben* reflektiert und in Verbindung mit dem Text versucht, dessen unbewussten Sinn zu entdecken un somit zu einem *Verstehen* zu gelangen. Denn »das Gehörthaben und das Erlebthaben sind zwei nach ihrer psychologischen Natur ganz verschiedene Dinge, auch wenn sie den nämlichen Inhalt haben.« (Freud, Das Unbewußte, 1913: 275). Der Kenntnis der *psychoanalytischen Methode* verdanke ich das Zustandekommen dieser Untersuchung.

Da mir Harry Potter zum Teil aus eigener Lektüre bekannt war – anfänglich gern gelesen, dann mit abflauendem Interesse –, begann ich, meiner Ambivalenz mit einer sorgfältigen Lektüre zu begegnen. Das große Textkonvolut ließ bei mir Zweifel aufkommen, ob überhaupt innerhalb weniger Monate eine kritische Untersuchung geleistet werden könnte. Die Neugier überwog, denn schließlich ist die Wirkung dieses Werkes ein Phänomen.

Im Folgenden berichte ich über den Gang meiner Untersuchung, zum einen, um dem Leser Einblick zu gewähren, wie es zu der Auswahl der von mir behandelten Schwerpunkte gekommen ist, und zum anderen, um dem Leser einen Überblick auf die einzelnen Kapitel zu geben.

Die große Textmenge führte dazu, dass ich für mich sehr ausführlich den Inhalt protokollierte und diesen Text mit Einfällen und Anmerkungen versah. Noch während dieser Zeit sollte meine Untersuchung einen Titel bekommen, um sie als Neuerscheinung für den November dieses Jahres ankündigen zu können.

Da Harry Potter von einem Band zum nächsten jeweils um ein Jahr älter wurde, lag es nahe, analog zu dem zeitlichen Aspekt, den Blick auf die Perspektiven des psychischen Wachstums zu konzentrieren. In dieser Phase der Bearbeitung entstand der Untertitel *Analyse des siebenbändigen Entwicklungsromans,* der mich jedoch im Laufe der fortgeschrittenen Lektürearbeit vor ungeahnte Schwierigkeiten stellte. Statt Entwicklung – wenn auch in Ansätzen analysierbar – entdeckte ich vor allem Wiederholung und derart komplexe Vernetzungen von Handlungen und Schauplätzen, wodurch es nahezu unmöglich wurde, sowohl inhaltlich wie entwicklungspsychologisch einen roten Faden zu erfassen. Außerdem war ich in meiner Anteilnahme an dem Geschehen so sehr in den Roman verwickelt, dass es nicht einfach wurde, mich wieder in eine beobachtende und reflektierende Distanz zu begeben.

Auf diesem Wege entstanden Zusammenfassungen mit unterschiedlichen Schwerpunkten. Aus dieser Sachlage heraus und um dem Leser aus der Vielfalt des Materials einen überprüfbaren Hintergrund für meine Bearbeitung zu geben, hielt ich es für erforderlich, eine inhaltliche Zusammenfassung voran zu stellen: Das Kapitel *Die Welt des Harry Potter (II)* beginnt mit einem Überblick auf das Gesamtwerk, in dessen Mittelpunkt überwiegend Harry Potter und Voldemort stehen. Dann erfolgt aus dem Rückblick aller sieben Bände eine zusammengefasste Wiedergabe von Handlungen und Personen, die einen Eindruck von deren inneren und äußeren Vernetzung in dieser Welt von Harry Potter geben, in der er selbst nur eine Person von vielen ist. Der Fokus auf Harry Potter ergibt sich jetzt eher indirekt aus der Konfrontation mit Voldemort. Kenner des Gesamtwerkes werden viele Einzelheiten vermissen, die ich vermutlich unter einem anderen Schwerpunkt nicht außer Acht gelassen hätte.

Am stärksten war ich davon angezogen, mir über Harry Potter und Voldemort Klarheit zu verschaffen, vermutlich, weil von diesem Fokus zum einen die ständigen Wiederholungen ausgingen, zum anderen spekulierte ich darauf, wenn sich Veränderungen im Sinne von Entwicklung zeigen würden, dann am ehesten in der Variation ihrer Wiederholung. In dieser Arbeitsphase entwickelte sich das Thema *Von der Grandiosität zur Conditio humana (IV)* mit den beiden Unterkapiteln *Die Geburt des Helden* und *Verzicht und Gewinn.* Zur Sprache kommen typische Elemente der Adoleszenz, wobei es nicht um die Darstellung der individuellen Pathologie eines Jugendlichen oder seiner neurotischen Entwicklung geht, sondern um allgemeine Bilder, die jedem oder den meisten Lesern vertraut sind oder auch bedrohlich erscheinen, und deshalb wegen ihrer Personen und Zeit übergreifenden Perspektive auch kulturell übergreifende Bedeutungen haben können (vgl. den sogenannten *Familienroman* und die Bedeutung der *ödipalen* Problematik für Kultur und Persönlichkeit).

Deshalb muss jedoch ein Roman noch lange nicht zu einem weltweiten Bestseller werden. Aus den Beobachtungen, in welcher Weise die einzelnen Bücher über Harry Potter von sich reden machten, bin ich einigen charakteristischen Merkmalen des Phänomens Faszination nachgegangen und habe geprüft, inwiefern sie auf diesen Roman anwendbar sind (vgl. *Über Faszination).* Zu beobachten war u. a. ein spezielles, teilweise durch Medien gelenktes Erregungspotential, das jedoch nicht greifen würde, wenn es nicht tatsächlich auch um ein faszinierendes Thema ginge. Dies ist in entscheidender Weise auf die anziehende Wirkung von Magie und Zauberei zurückzuführen, wofür es in der Weltliteratur viele Beispiele gibt, aber vor allem auf die psychische Tatsache, dass alle Menschen in ihrer Entwicklung Phasen des magischen und realitätsgemäßen Denkens durchlaufen. Und hat sich nicht jeder schon einmal gewünscht, in einer prekären Situation zaubern zu können? Vor diesem Hintergrund ist das Kapitel *Die Verzauberung des Banalen* entstanden.

Diese an sich interessanten Feststellungen aus einer eher beobachtenden Haltung verliefen konträr zu meiner persönlichen, eher negativ gefärbten Leseerfahrung. Ich hinterfragte verstärkt meine Rezeption, die sich gründlich von den Lesephasen der meisten Leser unterschied. Diese lasen mehr oder weniger in Abständen zur Unterhaltung und ließen sich für eine begrenzte Zeit lang bannen. Die negative Seite meiner Lektüre kam dadurch zum Tragen, dass ich ohne Unterbrechung alle Romane in wenigen Wochen las, was auf mich eine quälende Wirkung zur Folge hatte, die ich zu klären versuchte. In diesem Zusammenhang verstärkten sich kritische Fragen über wirkungs- und rezeptionsanalytische Aspekte. Das Werk ist eine Synthese aus diversen Elementen und Formen vieler Genres: dem Märchen, der Sage, dem Schauer-, Helden-, dem Kriminal- und Abenteuerroman, es enthält Elemente des klassischen Jugendbuches wie auch Anleihen bei literarischen Vorbildern der Weltliteratur. Unter dem Thema *Harry Potter zwischen Kitsch und Kunst (III)* vereinen sich die Kapitel *Über Faszination, Verzauberung des Banalen, Deutungsvielfalt* und *Die Medialisierung des Faustischen.*

In einem Text sind immer auch kulturelle Strukturen niedergelegt. Warum aber hat ein Roman, in welchem existentielle Grunderfahrungen lediglich in einfache und spannungsvolle *Bilder* transformiert sind – dazu in einem nahezu Dauererregung schaffenden *Überfluss* – einen solchen Erfolg? Im *fünften Kapitel* werden Überlegungen angestellt, ob und in welcher Weise die in dem Werk enthaltenen Elemente des *Phantastischen* etwas Licht in dieses Geheimnis bringen und ob sich nicht in diesem Fall ein *Überfluss* und *Mangel* an Bildern gegenseitig entsprechen.

Unter dem Titel *Die Trivialisierung von Repression und Gewalt (VI)* werden diese Überlegungen fortgesetzt und vertieft, jetzt allerdings verstärkt mit einem Blick auf den gesellschaftlichen Kontext des Romans. Zur Bearbeitung dieser Thematik habe ich mich erst nach einem längeren Prozess durchringen können, da ich zunächst ziemlich *sprachlos* war, in so unverhüllter Weise Bildern des Nationalsozialismus zu begegnen. Ich überlegte, ob sie den Leser für proto faschistoide Gewalt und Repression sensibilisieren oder einfach ein Spiegel sind, in der eine deutsche Leserschaft ihrer historischen Vergangenheit unausweichlich begegnet. Ich neigte dazu, meine mit diesen Bildern verbundenen Affekte zunächst zu neutralisieren, indem ich diese geschichtsnahen Bilder als Bühne für die Grausamkeiten des Romans auffasste. Es stimmte mich jedoch nachdenklich, das in diversen Zeitungsartikeln das Thema zwar ebenfalls benannt, aber keine Betroffenheit darüber zu spüren war, diesen Spiegel präsentiert zu bekommen. Wurden hier Affekte im privaten Raum belassen, obwohl sie öffentlich geäußert wurden? Die deutsche Vergangenheit wird von der Romanaurorin nicht namentlich benannt, dieser *Verführung* erliegen jedoch die Rezipienten. In der abschließenden Untersuchung zeigen sich Elemente von Trivialisierung und damit eine *unbewusste* Verharmlosung von Repression und Gewalt, wie sie dem Genre Fantasy entsprechen.

2. Die Welt des Harry Potter

Die Welt des Harry Potter stellt sich in diesem Kapitel aus zwei unterschiedlichen inhaltlichen Perspektiven dar. Im Mittelpunkt des ersten Überblicks stehen zwar Harry Potter und Voldemort, jedoch vornehmlich, um das Motto der einzelnen Bände zu erläutern.

Im zweiten Überblick tritt vor allem die innere und äußere Vernetzung von Personen und deren Handlungen in den Vordergrund, zwar auch mit dem Fokus auf die beiden Protagonisten, doch hierbei wird deutlich, dass Harry Potter nur eine Person von vielen ist. Das Augenmerk auf Harry Potter ergibt sich jetzt eher zufällig aus der Konfrontation mit Voldemort. Auf diese Weise ist es möglich, sowohl einen Eindruck von dem Kosmos dieser Heptalogie zu vermitteln, wie auch zu verdeutlichen, wie alles mit allem zusammenhängt, wie das Subjekt, Harry Potter beispielsweise, nur ein winziger Teil dieser Welt ist und nur dadurch zum Thema eines Gesamtwerkes wird, weil er als Brennpunkt gewählt wird, um etwas allgemein Menschliches zur Sprache zu bringen.

(1) Harry Potter ist seit Beginn seines zweiten Lebensjahres Vollwaise, da beide Eltern getötet wurden, wobei Harry diesen Anschlag wie durch ein Wunder überlebt. Die Schwester seiner Mutter, Petunia, verheiratet mit Vernon Dursley, nimmt Harry bei sich auf, wo er zusammen mit seinem Cousin Dudley aufwächst, der nur knapp einen Monat älter ist.

Aus der Sicht der Pflegeeltern ist Harry eine Last, sie verraten ihm nichts über seine Herkunft, dass seine Eltern

Zauberer waren, sondern behaupten, dass sie bei einem Autounfall ums Leben gekommen sind. Er ist das totale Gegenbild zu Dudley, der als verwöhntes Hätschelkind im Leser genau den Ärger bewirkt, den Harry angeblich in den Pflegeeltern auslöst.

Mit elf Jahren steht ein Schulwechsel bevor. Harry wird in einer Sekundarschule für Schwererziehbare angemeldet, während Dudley ein traditionsreiches Gymnasium besuchen soll.

Kurz vor Harrys elftem Geburtstag wendet sich das Blatt, er erfährt, wer seine Eltern waren, dass er selbst ein Zauberer und deshalb eingeladen ist, das Zauberergymnasium in Hogwarts zu besuchen.

In der Welt der Zauberer ist Harrys Person scheinbar unlösbar mit dem Mörder seiner Eltern, mit dem Dunklen Lord Voldemort, verknüpft. In Hogwarts kommt es zu ständigen Bedrohungen und Auseinandersetzungen mit den verschiedenen Gesichtern dieser dunklen Macht, wobei Harry zusammen mit seinen engsten Freunden, Hermine Granger, Ron Weasley und dessen Brüdern und Eltern sowie befreundeten und anfeindenden Mitschülern viele Abenteuer zu bestehen hat. Aber jeweils in den Sommerferien muss Harry für kurze Zeit zu den Dursleys zurückkehren.

Jedes Schuljahr bzw. jeder neue Band über Harry Potter steht unter einem speziellen Motto:

Aus dem *Stein der Weisen* wird das Elixier für Unsterblichkeit hergestellt. Lord Voldemort in der Gestalt Quirrels, des diesjährigen Lehrers zur Verteidigung gegen die dunklen Künste, benutzt Harry, um in den Besitz des *Steins der Weisen* zu gelangen. Es kommt zu einem Kampf auf Leben und Tod, in den Dumbledore, der Schulleiter von Hogwarts und Zaubermeister höchsten Ranges, rechtzeitig eingreift. Daraufhin beschließen Nicolas Flamel im Alter von sechshundertfünfundsechzig Jahren und dessen um sieben Jahre jüngere Ehefrau Perenelle, das letzte Elixier zu vernichten und wiederum sterblich zu werden.

In der *Kammer des Schreckens* findet für Harry der Kampf auf Leben und Tod mit dem sechzehnjährigen Tom Riddle, alias Voldemort, statt, welcher der größte Zauberer der Welt werden will, dessen Namen die Welt vor Angst nicht aussprechen würde. Biographische Parallelen und Eigenschaften und Fähigkeiten, die Harry mit Voldemort verbinden, lassen Harry immer wieder zweifeln und fragen, wer er sei.

Der Gefangene von Askaban ist Sirius Black, Harrys Pate, Freund und Trauzeuge seiner Eltern. Nach dem Tod der Eltern weisen viele Indizien darauf hin, dass sie von Sirius Black verraten wurden. Aber es ist die Tat von Peter Pettigrew, einem der vier ehemaligen Schulfreunde von Harrys Eltern, James und Lily Potter, was während eines Kampfes – wieder auf Leben und Tod – in der Heulenden Hütte aufgedeckt wird.

Askaban ist das Gefängnis für Zauberer, wo die Gefangenen von Dementoren, den Gefolgsleuten von Lord Voldemort, bewacht werden. Ihre bloße Gegenwart zerstört die Seelen. Harry ist in deren Nähe gefährdet, erlernt es aber im Laufe des Schuljahres, als wirksames Gegenbild in sich einen »Patronus«, das animagische[1] Bild seines Vaters, zu erschaffen.

Im vierten Jahr findet in Hogwarts ein internationales Turnier mit zwei anderen Zaubererschulen statt. Jeweils ein Schüler seines Internats tritt zum Turnier an. Bewerben darf sich jeder, der sich das Turnier zutraut und sechzehn

---

1 Animagi sind Menschen, welche die Gestalt von Tieren annehmen können (Schneidewind, 2000).

Jahre alt ist. Im *Feuerkelch* werden die Namen gesammelt. Nachdem die Auswahl der drei Kandidaten erfolgt ist, ruft der *Feuerkelch* Harrys Namen als vierten aus, obwohl er noch nicht sechzehn ist.

Nach der dritten Turnieraufgabe steht Harry Lord Voldemort gegenüber, dem es gelingt, durch den Knochen eines Ermordeten, Blut von Harry und dem Fleisch der Hand von Pettigrew wieder eine körperliche Gestalt zu bekommen. Damit ist Lord Voldemort leibhaftig zurückgekehrt und mit ihm viele Dementoren als seine Leibwache. Voldemort trachtet Harry zu töten, fordert ihn zum Duell, aber Harry kann entkommen.

Jetzt ist die offene Bedrohung ausgebrochen. Voldemort und seine Anhänger sind Hass und Vernichtung schürende Zauberer, die die Macht über die Welt beanspruchen, weil sie seit Generationen reinblütig sind, d. h. sie haben nie in Familien von Muggels, den Nichtzauberern, geheiratet. Diejenigen, die sogenannte Mischehen[2] eingegangen sind, werden als Schlammblütige verfolgt.

Der Orden des Phönix wurde von Dumbledore gegründet. Seine Mitglieder sind sowohl rein- wie mischblütig. Sie verbergen sich in dem leerstehenden Elternhaus von Sirius Black. Beide Seiten tarnen sich und versuchen, sich gleichzeitig für einen tödlichen Gegenschlag auszuspionieren. In Hogwarts herrscht der Ausnahmezustand. Durch eine List wird Harry ins Ministerium für Zauberei gelockt, er glaubt, dass Sirius in Gefahr ist. Er trifft auf Voldemort, der über Harry in den Besitz einer Prophezeiung gelangen will, die sich in einer Glaskugel befindet.

Als Harry die Herausgabe verweigert, kommt es zu

---

[2] Man sehe mir die rassistische »Blut-und-Boden«-Wortwahl nach, sie soll aber einen Eindruck von ihrer Bedeutung im Werk widerspiegeln.

tödlichen Duellen zwischen den Mitgliedern des Phönix und den Todessern, einschließlich Lord Voldemorts. Sirius Black wird getötet, und Harry durchlebt Trauer und Schuld.

Der Halbblutprinz ist Snapes Spitzname, als dieser selbst Schüler in Hogwarts war. In diesem Jahr unterrichtet er die Verteidigung gegen die dunklen Künste.

Harry bekommt ein Buch über Zaubertränke in die Hände, das ursprünglich Snape, dem *Halbblutprinzen*, gehört hat, was ihm jedoch zunächst unbekannt ist.

Zentral sind Dumbledores Nachforschungen über Tom Riddle/Lord Voldemort, in die er zunehmend Harry einbezieht. Die Prophezeiung besagt, dass nur Harry oder Voldemort werden leben können, wobei sich die Suche nach den Horkruxen für Harry als lebensrettend erweisen soll.

In für ihn wertvollen Gegenständen hat Voldemort Splitter seiner Seele gehortet und diese per Zauberei kaum auffindbar versteckt. Auf diese Weise wollte Voldemort unsterblich sein. Während Dumbledore und Harry vermeintlich den dritten Horkrux finden, ist bei ihrer Rückkehr Hogwarts von den Anhängern Voldemorts besetzt und verraten. Dumbledore stirbt. Da er von Snape getötet wurde, hält ihn Harry für einen Verräter. Nach der Trauerfeier für Dumbledore verlässt Harry Hogwarts, um das Vermächtnis Dumbledores zu erfüllen, die fehlenden Horkruxe zu finden.

The Deathly Hallows: Einem Märchen zufolge gibt es drei *Hallows*, einen Zauberstab, den Elder Wand, einen Wiederauferstehungsstein (resurrection stone) und einen Tarnumhang (cloak of invisibility). Wer alle drei *Hallows* besitzt, soll Meister des Todes sein.

Am Ende der Sommerferien wird Harry siebzehn Jahre alt und weilt zum letzten Mal bei den Dursleys. Voldemorts Macht hat sich dermaßen ausgeweitet, dass auch sämtliche Angehörigen von Harry, Ron und Hermine in Gefahr sind. Alle nicht reinblütigen Zauberer werden verfolgt, eingesperrt, getötet, es sei denn, es gelingt ihnen die Flucht ins Ausland. Viele Wochen und Monate sind Harry, Ron und Hermine teils auf der Flucht, teils auf der Suche nach den Horkruxen, werden ständig in neue Verwicklungen und Bedrohungen gestürzt, worüber – jedoch vorübergehend – auch ihre Freundschaft zu zerbrechen droht. Gegen Ende dieses Schuljahres kommt es in Hogwarts zur finalen Begegnung zwischen Harry und Voldemort, in deren zweitem Anlauf Voldemort an seinem eigenen Todesfluch zugrunde geht.

(2) Diese Heptalogie besteht aus einem *Kosmos* mit *zwei Welten*, die jedoch interagieren, die Welt der Zauberer und der Nichtzauberer, der Muggel.

Die Verwicklungen dieses Romans gehen auf die tausendjährige Geschichte des Zaubererinternats *Hogwarts* zurück, gelegen im hohen Norden Schottlands. Wenn auch als *reißerische*, geradezu *lächerliche* Geschichte bzw. *hanebüchene Legende* hingestellt, hat sie ihre Auswirkungen bis in die aktuelle Gegenwart.

Hogwarts wurde von den vier größten Hexen und Zauberern der damaligen Zeit gegründet, von Godric Gryffindor, Helga Hufflepuff, Rowena Rawenclaw und Salazar Slytherin. Mit jeder dieser Personen verknüpfen sich spezielle Werte. Gryffindor steht für Mut und Tapferkeit, Hufflepuff für Gerechtigkeit und Treue, Rawenclaw bevorzugt Gelehrsamkeit und Weisheit, Slytherin vertritt List und Tücke.

Fern von neugierigen Muggelaugen wurde das Schloss erbaut, denn in jener Zeit fürchtete das einfache Volk die Zauberei. Hexen und Magier hatten unter grausamer Verfolgung zu leiden. Eine Zeitlang arbeiteten alle einträchtig zusammen, bis es zu Streit und Zerwürfnis kam, weil Slytherin eine strenge Auslese für die Aufnahme nach Hogwarts durchsetzen wollte: Es sollten nur reinblütige Zauberer und Hexen sein, keine mischblütigen, in deren Ahnenreihe es beispielsweise Muggel und Zauberer gab, oder auschließlich Muggel, obwohl sich die Fähigkeit zu zaubern unabhängig von der Herkunft vererbte.

Slytherin verließ die Schule, nicht ohne vorher im Schloss eine Geheimkammer einzubauen, wovon die übrigen Gründer nichts wussten. Sie sollte jedoch eines Tages geöffnet werden, sobald ein Erbe Slytherins nach Hogwarts käme.

Sie wird geöffnet von *Tom Riddle.* Doch der Chronologie folgend ist vorher *Albus Dumbledore* einzuführen, er ist der gegenwärtige Schulleiter von Hogwarts. Da er aufgrund vielfältiger Verwicklungen – wenn auch etwas idealisierend – durchweg positiv geschildert wird, gibt er auch Anlass zu heftigen Verurteilungen. Es sollte jedoch seinem eigenen Blick auf die Ereignisse gefolgt werden, wie sie von ihm in den letzten Bänden des Zyklus geschildert werden. Da er jedoch zu dieser Zeit längst gestorben ist, werden diese Gedanken wohl eher der nachträglichen Einsicht Harry Potters entsprechen.

Dumbledore stammt aus der Linie der Gryffindors. Seine Eltern verstarben in seiner Jugend, der Vater während einer Haftstrafe, die er in Askaban verbüßte, die Mutter durch einen Zauberunfall. Der Vater hatte drei Muggel-Jugendliche getötet, weil sie Dumbledores jüngere Schwester Ariana gefoltert hatten, wonach sie fortan psychisch gestört war. Übergriffe von Zauberern auf Muggel werden strengstens geahndet. Der eigentliche Sachverhalt sollte verborgen bleiben, damit Ariana nicht in die Klinik nach

St. Mungo's eingeliefert würde. Mit der Aura des verbrecherischen Vaters kam Dumbledore selbst als Schüler nach Hogwarts, doch im Laufe eines Jahres sprach niemand mehr davon, weil er zu seinen Mitschülern mitfühlend und ein überragender Zauberer war. Gerade als er Hogwarts absolviert hatte und sich zusammen mit einem Freund in der Welt umschauen wollte, starb seine Mutter, so dass er in seine Familie zurückkehrte und für seine Geschwister sorgte. Die Krankheit der Schwester veranlasste zu Gerüchten, denn die Mutter hatte sie im Haus verborgen gehalten und führte sie meistens nur nachts in den Garten. Man fragte sich, warum sie nicht in Hogwarts eingeschult wurde, ob sie etwa eine Squibb sei, derer man sich schämte. Squibbs sind oft reinblütiger Herkunft, besitzen jedoch keine magischen Fähigkeiten. Dumbledore liebte zwar seine Geschwister, aber er hungerte auch nach Anregungen und Herausforderungen, so dass es in erster Linie sein jüngerer Bruder Aberforth war, der sich um Ariana kümmerte.

In dieser Zeit weilte im gleichen Ort ein anderer junger Zauberer zu Besuch, namens Grindelwald, der das Zauberinternat Durmstrangs verlassen musste, weil er missbräuchlich gezaubert hatte. Durmstrangs ist ein Internat für Reinblütige. Deren Abzeichen ist eine Rune, ein Triangel, in dem sich ein kleiner Kreis mit einem senkrechten Strich befinden. Es ist auch das Zeichen für die Deathly Hallows, die auf das Märchen von den drei Brüdern zurückgehen, die den Tod – allerdings vergeblich – überlisten wollten.

Dumbledore war zwar informiert über diese Vorfälle, aber er war von Grindelwald dermaßen fasziniert, dass er sich mit ihm anfreundete. In seiner Hinterlassenschaft gibt es einen Brief an Grindelwald, der fremden Lesern den Eindruck vermittelte, dass auch er ein Gegner muggelblütiger Zauberer sei. Dumbledores jugendliche Überschätzung geistiger Herausforderung durch die Kunst der Zauberei wurde jäh zerstört, als es zwischen ihm, Aberforth und Grindelwald zu einem Streit und Duell kommt. Ariana wollte zur Hilfe eilen, wobei sie von einem der umherfliegenden Zauberflüche unbeabsichtigt und tödlich getroffen wird. Wessen Fluch Ariana getroffen hatte, wurde nie geklärt, jedoch Dumbledore vermutet, dass es seiner gewesen ist. Zu seiner persönlichen Schuld und der Trauer um Ariana gesellen sich die Enttäuschung über Grindelwald, der sofort abreist, und die heftigen Anklagen und Vorwürfe von Aberforth.

1945 kommt es zu einer erneuten Begegnung und einem legendären Duell mit Grindelwald, der inzwischen für seine bösartigen Zaubereien bekannt ist. Grindelwald verliert, wobei entscheidend ist, dass ihm Dumbledore den Elder Wand, den Zauberstab der Deathly Hallows abnimmt. Es gibt dem Märchen zufolge drei Hallows: den Elder Wand, einen Wiederauferstehungsstein (resurrection stone) und einen Tarnumhang (cloak of invisibility). Im Besitz von allen dreien zu sein, bedeutet, Meister des Todes zu sein. Dumbledore bereut seine jugendliche Verblendung, selbst auf der Suche nach den Hallows gewesen zu sein. Sie gelangen zwar in seine Hände, aber er versucht, sie vor Missbrauch zu schützen, ein Erbe, das nach ihm *Harry Potter* antreten soll.

In der Zwischenzeit wird Dumbledore Lehrer, später auch Schulleiter in Hogwarts und steht in dem Ruf, der mächtigste Zauberer der weißen Magie zu sein. Die weiße Magie steht für Liebe.

Er begegnet *Tom Riddle (1926-2007)* als Lehrer. Tom ist der Sohn einer reinblütigen Zauberin, Merope Gaunt, aus dem Geschlecht der Slytherins, die sich in den Muggel Tom Riddle verliebt hatte und ihn per Zauberei dazu brachte, sie zu ehelichen. Sie wünschte sich jedoch, dass er ihre Liebe nicht unter dem Zwang des Zaubers erwiderte, weshalb sie ihm eines Tages keine weiteren Zaubertränke verabreichte. Ihr Mann verließ sie aber noch während der Schwangerschaft. Von ihrer eigenen Familie ausgestoßen, irrt sie umher, verkauft ein Erbstück ihrer Familie in einem Pfandhaus, ein Medaillon, und begibt sich kurz vor der Niederkunft in ein Waisenhaus, bringt dort einen Sohn zur Welt, den sie nach seinem Vater Tom benennt. Eine Stunde später verstirbt sie. Seitdem lebt Tom Riddle junior in diesem Waisenhaus, bis dort zu seinem elften Geburtstag Albus Dumbledore erscheint.

Wie es in der Welt der Zauberer üblich ist, wenn Kinder magische Eigenschaften zeigen, wird auch Tom Riddle zum Besuch des Zaubererinternats nach Hogwarts eingeladen. Dumbledore ist von Tom »fasziniert«, aber er wusste nicht, dass er den »gefährlichsten schwarzen Magier aller Zeiten« (VI: 278)[3] kennengelernt hat: Schon als Kind setzt dieser früh seine Magie ein, um anderen Menschen Angst zu machen und ihnen wehzutun. Seine Fähigkeit, Parsel, die Sprache der Schlangen, zu reden, ist nicht so beunruhigend wie seine deutliche Neigung zu Grausamkeit, Heimlichtuerei und Machtausübung. Er lehnt seinen Vornamen ab, weil es so viele Toms gebe, was bedeutet, dass er alles ablehnt, was ihn an Menschen bindet und anderen ähnlich sein lässt. Deshalb hat er seinen Namen mit dem Vornamen seines Großvaters mütterlicherseits »Vorlost« ergänzt, woraus er dann das Anagramm bildet, »Lord Voldemort« »ist« »Tom Vorlost Riddle«. Als Dunkler Lord, dessen Namen man nicht ausspricht, beginnt

---

3 VI: 278 = sechster Band, S. 278.

1980 Lord Voldemorts Verknüpfung mit *Harry Potter*.

Von Anfang an will Tom Riddle allein, berüchtigt und anders sein. Er hat und will keine Freunde, auch keine Begleitung in die Zauberwelt der Winkelgasse, als er zum ersten Mal sich seine Schulsachen für Hogwarts beschaffen muss. Einige glauben irrtümlich, seine Vertrauten zu sein. Er sammelt gestohlene Gegenstände und versteckt sie, worin sich seine Vorliebe zeigt, Trophäen zu sammeln, die später als Horkruxe die Erinnerungsstücke an seine Opfer und bösartigen Zauber darstellen.

In Hogwarts beeindruckt er durch sein gutes Aussehen, seinen Lerneifer und seine Zurückhaltung. Es scharen sich einige Schüler um ihn, von denen einige später die ersten Todesser werden. Diese Schülerschar, die eigentlich aus Schwächlingen besteht, verbreitet einen düsteren Glanz. Es sind Schwache, die an seinem Glanz teilhaben wollen, Schutz suchen, Ehrgeizige, die sich in seinem Ruhm sonnen, Schlägertypen, die einen Führer brauchen, der ihnen noch subtilere Formen von Grausamkeit zeigen kann. Nie werden sie auf frischer Tat ertappt.

1942 wird die Kammer des Schreckens geöffnet, die den Tod eines Mädchens herbeiführt. Hogwarts droht, geschlossen zu werden. An diesem Unglück ist Tom Riddle schuldig, es gelingt ihm aber, die Schuld dem Halbriesen Hagrid anzulasten, weshalb dieser vom Unterricht ausgeschlossen wird. Dumbledore ermöglicht ihm jedoch, als Hüter der wilden Tiere und der Schlüssel von Hogwarts in einer Hütte auf dem Schulgelände zu leben, weil er von Hagrids Unschuld überzeugt ist. Die Tat wird nie richtig aufgeklärt.

Tom Riddle wird von dem damaligen Schulleiter Dippet zum Schweigen verpflichtet und erhält sogar eine Auszeichnung. Nach den Sommerferien, die er alljährlich im Waisenhaus verbringt, kehrt Tom Riddle jedoch nicht nach Hogwarts zurück.

Sein besonderes Interesse galt schon während seiner Schulzeit den Horkruxen, einem Gebiet der schwarzen Magie: Es geht um Spaltungen der Seele, die angeblich bis dato nur in zwei Hälften möglich gewesen ist. Riddle will aber darüber hinausgelangen und seine Seele in möglichst viele Seelensplitter zerlegen und für andere unzugänglich horten. Auf diese Weise würde er der größte Magier aller Zeiten werden, d. h. mittels der Horkruxe am Leben bleiben, selbst wenn er getötet würde. Die Spaltung bzw. Splitterung der Seele vollzieht sich, wenn er mordet. Insgesamt schafft er sich sieben Horkruxe, obwohl auf sein Konto wesentlich mehr Verbrechen gehen: Es sind ein Medaillon, ein Diadem, ein Ring, eine goldene Tasse, ein Taschenkalender, die Schlange Nagini und für Voldemort gänzlich unbeabsichtigt *Harry Potter*, was sich zwar andeutet, aber erst am Ende des Zyklus enthüllt.

Erwachsen will er unbedingt als Lehrer nach Hogwarts zurückkehren, was ihm Dumbledore mehrfach verwehrt, denn er würde nie begreifen, dass es eine größere Macht als schwarze Magie gebe, nämlich Liebe.

Inzwischen hat sich Riddle, er nennt sich nur noch *Voldemort*, ein Heer von Todessern, Gefolgsleute für schwarze Magie, geschaffen. Außerdem sind die Dementoren, die Wächter von Askaban auf seiner Seite. Dementoren töten durch den Kuss, indem sie dem Delinquenten die Seele aus dem Leib saugen. Der Körper jedoch stirbt nicht. Die Gegenwart von Dementoren verbreitet Kälte und das Gefühl von Leere und Seelenlosigkeit, was als das Schlimmste beschrieben wird, was einem Lebenden widerfahren könne. Es gehört zu den Überlebensfähigkeiten eines Zauberers, einen Patronus besitzen und erschaffen zu können, da sie jeden Dementor zum Verschwinden bringen. Ein Patronus ist die magische Erscheinung eines schützenden Objekts, meistens ist es ein Tier (Hirsch, Wiesel, Phönix usw.).

Voldemorts Schreckensregime wird immer größer. 1980 gelingt es ihm aufgrund eines Verrates, *James und Lily Potter*, beide nicht reinblütig, aber sehr gute Zauberer, aufzuspüren. Er dringt in ihr Haus ein und tötet beide. Als er zuvor ihren gerade ein Jahr alten Sohn *Harry* ermorden will, wirft sich seine Mutter über das Kind, um es zu schützen. Sie stirbt, doch an Harry versagt der tödliche Anschlag. In diesem Moment verschwindet Voldemort in seiner leiblichen Erscheinung und seine Macht ist gebrochen. Aber ein Partikel seiner Seele ist in Harry eingedrungen, weshalb dieser fortan etwas von Voldemorts Eigenschaften besitzt: die Fähigkeit, die Sprache der Schlangen, Parsel, zu sprechen und wie Voldemort zu fühlen und zu denken. Zum Zeichen dafür trägt er seitdem eine blitzförmige Narbe auf der Stirn. Durch den Opfertod seiner Mutter ist Harry bis zu seinem siebzehnten Lebensjahr gegen weitere tödliche Angriffe von Voldemort geschützt, was beide, ebenso wie die übrige Welt der Zauberer, jedoch erst allmählich begreifen.

Die Tatsache, dass Harry Potter überlebt, versetzt die Welt der Zauberer in einen Freudentaumel, wodurch er berühmt ist und unter dem speziellen Schutz aller steht, bis auf jene, die zu Voldemort gehörten und sich nun tarnen müssen. Mit knapp dreizehn Monaten wird Harry von Dumbledore, McGonagall und Hagrid wie ein Findelkind, versehen mit einem Begleitbrief, vor die Haustür der Schwester seiner Mutter, *Petunia Dursley*, gelegt. Sie ist eine Nichtzauberin, wäre aber ebenso gerne wie ihre Schwester Lily nach Hogwarts gegangen. Sie schreibt sogar einen Brief an Dumbledore und bittet um Aufnahme, was er jedoch ablehnen muss. Darüber kommt es zu einem Zerwürfnis mit der Schwester, da Lily und ein Junge aus der Nachbarschaft, *Severus Snape*, ebenfalls Schüler in Hogwarts, diesen Brief heimlich lesen. Auf diese Zurücksetzung und Bloßstellung reagiert Petunia zeitlebens mit Feindseligkeit gegenüber Harry. Petunia ist mit *Vernon Dursley* verheiratet, beide haben einen Sohn, *Dudley*, der etwa einen Monat älter ist als Harry.

Severus Snape ist von Anfang an in Lily, geborene Evans, verliebt. Seine Liebe zu ihr besteht über ihren und seinen Tod hinaus, obwohl sie James Potter heiratet. Severus Snape, Lily Evans, James Potter, Sirius Black, Peter Pettigrew und Seamus Lupin waren zur gleichen Zeit Schüler in Hogwarts. Severus Snape, hochbegabt und einsam, ist von James Potter, Black, Pettigrew und Lupin isoliert und wird sogar von James Potter eines Tages mit Zaubererstreichen gedemütigt. Snape hasst James Potter aus tiefster Seele.

Da er Lehrer zur Verteidigung gegen die dunklen Künste wird, selbst eine Zeitlang als Todesser zu Voldemorts Anhängern zählte und von finsterer und strenger Erscheinung ist, wirkt er wie ein Vertreter des Bösen, vor allem weil er später Harry unentwegt in seinem Unterricht schikaniert. Denn auch Harry zeigt als Kind bereits sein magisches Talent, weshalb er pünktlich zu seinem elften Geburtstag zum Schulbesuch nach Hogwarts eingeladen wird und dann ebenfalls nur noch während der Sommerferien zu den Dursleys, in die Familie der Schwester seiner Mutter, zurückkehrt.

Wegen Lilys Tod war Snape jedoch von Voldemort abgefallen, empfindet tiefe Reue und verbündet sich mit Dumbledore. Ihm fällt eine schwere Rolle zu: Dem Schein nach bekennt er sich wieder zu Voldemort, als dieser zu neuem Leben erwacht ist, aber letztlich nur, um ihn weiterhin zu bekämpfen. Obwohl Snape spätestens ab dem sechsten Band als der totale Verräter erscheinen muss, enthüllt er sich am Ende des siebten Bandes als derjenige, der Dumbledores Werk weitergeführt hat und Harry in der finalen Begegnung mit Voldemort hilft, das Werk zu vollenden.

Den zweiten gefundenen Horkrux, Gaunts Ring, zerschlägt Dumbledore mit Gryffindors Schwert, wobei eine dermaßen hohe tödliche Energie freigesetzt wird und in Dumbledore eindringt, dass ihm gewiss ist, im Laufe eines Jahres zu sterben. Fortan weiht er Harry in seine Pläne ein und bereitet ihn darauf vor, zusammen mit seinen Freunden *Hermine Granger* und *Ron Weasley* die restlichen Horkruxe aufzuspüren und zu zerstören. Aber auch Snape wird von Dumbledore noch einmal ins Vertrauen gezogen. Er fordert von ihm das Versprechen, da er ohnehin bereits ein Sterbender ist, ihn zu töten, sofern Voldemorts Pläne seinem natürlichen Tod zuvorzukommen drohen. Denn die *Familie Malfoy* steht in Voldemorts vermeintlicher Schuld, weshalb deren Sohn *Draco* – um seinen Vater zu retten – erpresst wird, seinen Schulleiter Dumbledore zu töten. Um zu verhindern, dass Dracos junge und ungefestigte Seele mit einer solchen Tat belastet würde, nimmt es Snape auf sich, als Verräter zu erscheinen.

Nach Dumbledores Tod verlässt Harry Hogwarts. Nachdem er noch einmal bei den Dursleys in den Sommerferien erschienen ist, hat sich die Macht Voldemorts dermaßen ausgeweitet, dass auch sämtliche Angehörigen von Harry, Ron und Hermine in Gefahr sind. Alle nicht reinblütigen Zauberer werden verfolgt, eingesperrt, getötet, es sei denn, es gelingt ihnen die Flucht ins Ausland. Viele Wochen und

Monate sind Harry, Ron und Hermine teils auf der Flucht, teils auf der Suche nach den Horkruxen und werden ständig in neue Verwicklungen und Bedrohungen gestürzt. Über diese Belastungen gerät ihre Freundschaft in eine Krise, aus der sie jedoch wieder herausfinden. Nahezu am Ende des siebten Jahres kommt es zur letzten Begegnung zwischen Harry und Voldemort, in deren zweiten Anlauf Voldemort stirbt.

Es folgt ein Epilog, in dem neunzehn Jahre später die ehemaligen Schüler von Hogwarts, jetzt als Elternpaare, ihre Kinder wiederum zum Hogwarts-Express bringen, um elf Uhr am King's Cross, Gleis neundreiviertel.

3. Harry Potter zwischen Kitsch und Kunst

Über Faszination

> Vor zehn Jahren erschien der erste Band über Harry Potter und die Zauberwelt Hogwarts. Mit einem Schlag wurde seine Erfinderin Joanne K. Rowling zur Bestsellerautorin. Nach eigenen Angaben verkaufte der Verlag Bloomsbury seitdem weltweit 325 Millionen Bücher der ersten sechs Bände der Fantasy-Serie. Im Juli soll der siebte und damit letzte Band erscheinen. Die Bücher wurden in 64 Sprachen übersetzt. Um die Bücher hat sich längst ein Universum entwickelt: Die ersten vier Bücher wurden bereits höchst erfolgreich verfilmt, der fünfte Streifen kommt im Juli in die Kinos, es gibt außerdem diverse Videospiele und eine Lego-Produktserie. (DIE WELT, 26. 2. 2007)

Die Überschrift diese Artikels lautet »Pottermania«, ein Ausdruck, der wiederholt in den Medien gebraucht wird. Handelt es sich übersetzungsgemäß[4] denn nun wirklich um eine Raserei, Wut, Wahnsinn oder Begeisterung? Oder macht sich die Welt der Medien lediglich das menschliche Bedürfnis nach »Beg*eist*erung« zunutze? Und wenn ja, warum hat sie damit einen so großen Erfolg? Oder beruht die Begeisterung doch darauf, dass von dieser Lek-

---

4 Langenscheidts Taschenwörterbuch Altgriechisch. Berlin, 1986: 281.

türe eine echte *Faszination* ausgeht? Die Wirkung dieses Werkes ist eine Tatsache. Dennoch ist es verwunderlich, dass die mediale Erregung immer nur dann spürbar gewesen ist, wenn ein neuer Band auf den Markt kam. Danach wurde es jeweils wieder still, es wurde nicht mehr darüber gesprochen. Dann – im Rückblick gesehen bis zum 21. Juli 2007 – wurde wieder in zunehmender Häufigkeit über den Schluss der Heptalogie spekuliert. Als das Werk erschienen war, ließ es sich in den ersten Tagen fast keine Tageszeitung nehmen, darüber zu berichten, doch nach acht bis zehn Tagen herrschte wieder Ruhe. So hat es zum 27. Oktober, dem Termin für das Erscheinen des siebten Bandes in deutscher Sprache, wiederum einen medialen Erregungsgipfel gegeben.

Was ist das für ein Phänomen, dass Massen von Lesern zu einem bestimmten Termin in Begeisterung und in einen allgemeinen Erregungszustand geraten – und kurze Zeit danach ist alles vorbei?

Auf Massen bezogene, nicht direkt kriegerische Ausnahmezustände beginnen mit den ersten Olympischen Spielen der Antike, setzen sich fort in den Gladiatorenkämpfen des alten Rom unter dem Motto *panem et circenses* und reichen bis in die Gegenwart bei sportlichen Wettkämpfen jeglicher Art, insbesondere beim Fußball. Dabei geht es auch um *Spektakel,* um die Inszenierung eines tollen Ereignisses, indem eine an sich banale Situation, wie beispielsweise die – wenn auch mit Spannung erwartete – Neuerscheinung eines Buches, von Verkaufsstrategen durch eine Art Überhitzung aufgeladen wird: durch Übertreibung, terminlich gebundene Verfügbarkeit des Buches und punktuell inszenierte Auftritte der Autorin.[5] Das *Spek-*

5 Stephen Brown: Harry Potter, das Marketingwunder. Welt am Sonntag, 8. 7. 2007: 33.

takel ist eine mehr oder weniger narzisstisch aufgeladene Situation, in der in erster Linie die Darstellung zur Nachricht wird und nicht ihr Inhalt.

Das Erscheinen eines Fortsetzungsbandes ist somit jedesmal zu einer kunstvoll organisierten Verkaufsstrategie geworden, zusätzlich durch die Öffnung der Buchhandlungen um Mitternacht und der nächtlichen Lesung mit der Autorin J. K. Rowling am 20./21. Juli 2007. Auf diese Weise werden Mechanismen gesellschaftlicher Kommunikation bedient, als bestünde ein besonderen Bedarf, sich ebenfalls bezaubern zu lassen. Damit rückt ein wesentliches Formelement des Romans, die *Zauberei*, ins Zentrum des Geschehens, die ich im nächsten Kapitel untersuchen werde.

Dem Ursprung des Wortes gemäß wird *Faszination* mit Beschreiung und Behexung[6] übersetzt, was zwar in der Zauberwelt von Harry Potter an der Tagesordnung ist, dort jedoch in einem anderen, noch aufzuzeigenden Zusammenhang steht.

Alltagssprachlich gesehen ist der Leser von etwas gebannt. Bernfeld (1928) zufolge liegen der Faszination *Vorstufen der Identifizierung* zugrunde. Ein von Menschen, *künstlerischen Darstellungen* oder Naturgegenständen dargestellter Affekt kann über Einfühlung sowohl Interesse wie aber auch Faszination bewirken, was sich als ängstliche Aufmerksamkeit äußern kann: vielleicht folgt darauf eine Abwehr, vielleicht auch eine vertiefte Aufmerksamkeit.

Bernfeld sieht keinen Unterschied zwischen der Faszination des kleinen Kindes und des Erwachsenen und belegt dies damit, wie aus dem die Mutter imitierenden,

---

6 Etymologisches Wörterbuch des Deutschen. Berlin, 1995.

zunächst unsicheren Lächeln des Kindes es nach einiger Wiederholung zu einem antwortenden Lächeln kommt, das zeitlebens den Ausdruck von Verlegenheit behält. Das wiederholende Moment von vertiefter Faszination belegen auch Saitner (2003) und Subkowski (2005), wenn Kinder und Jugendliche Harry Potter in Psychotherapien zur Sprache bringen.

Darüber hinaus werden mit einem Universum von Filmen, Büchern, Videospielen, Vorlagen für den Schulunterricht, Lego-Produkten unentwegt Angebote für Nachahmungen geschaffen, die jedoch bei weitem nicht so fesselnd sind wie die Lektüre selbst, dennoch aber angenommen werden.

Dies alles verstärkt die Frage, wovon der Leser gebannt sein könnte oder ob er einfach nur Lust vespürt, in regelmäßigen Abständen an einem inszenierten Spektakel teilzuhaben.

Die Verzauberung des Banalen

Sofern das Geschehen in Hogwarts nicht gerade mit dem Erscheinen Voldemorts verknüpft ist, könnte schon allein das Erleben eines einzigen *magischen* Schultags als ausreichend abenteuerlich empfunden werden.

Im *Stein der Weisen* wird beschrieben, wie schwierig es für Anfänger ist, den Weg in ein Klassenzimmer zu finden. Ich zitiere einige Sätze, weil sie beispielhaft veranschaulichen, wie die Schüler in Hogwarts sich nicht mehr auf ihre bisherigen Orientierungen verlassen können:

> Es gab einhundertzweiundvierzig Treppen in Hogwarts: breite, weit ausschwingende; enge, kurze, wacklige; manche führten freitags woandershin; manche hatten auf halber Höhe eine Stufe, die ganz plötzlich verschwand, und man durfte nicht vergessen, sie zu überspringen. Dann wiederum gab es Türen, die nicht aufgingen, außer wenn man sie höflich bat oder genau an der richtigen Stelle kitzelte, und Türen, die gar keine waren, sondern Wände, die nur so taten, als ob. Schwierig war es auch, sich daran zu erinnern, wo etwas Bestimmtes war, denn alles schien ziemlich oft den Platz zu wechseln. (I: 145)

Die sogenannten Erstklässler in Hogwarts stehen nicht nur an der Schwelle ihrer siebenjährigen Internatszeit, um das Zaubern zu lernen, sondern ebenso an der allen jugendlichen und erwachsenen Lesern vertrauten Schwelle einer Reifezeit, an deren Ende die Leser zwar nicht zaubern können, aber Zauberlehrlinge wie Leser werden vermutlich eines Tages jeweils das andere Geschlecht bezaubern können.

Somit wird dieses spezielle Treppenhaus zu einem Bild für die psychische Transformation in Pubertät und Adoleszenz. Sich von Tag zu Tag und manchmal auch von einem Augenblick zum nächsten in einer anderen Befindlichkeit zurechtfinden zu müssen, ist ein Abenteuer für sich, das manchmal lustvoll, manchmal niederschlagend sein kann. Beide Gestimmtheiten fördern Phantasien zutage, vor allem jene, die hilfreich sind, Niederlagen zu beseitigen oder die Lust zu steigern. Ohnmacht, Allmacht und Magie sind regressive Reaktionen, um Unsicherheit und Angst vorübergehend bewältigen zu können.

In Hogwarts überwiegen die lustvollen Regressionen und zwar durch die geschickte Konstruktion, dass die Schüler hier das gekonnte Zaubern erlernen können. Sie stehen zwar oft vor sehr schwierigen Zauberaufgaben, in denen die Pannen für die Betroffenen äußerst unangenehm einprogrammiert sind, aber auf diese Weise wird das magische Denken wiederum an eine spezifische Realität gebunden, die ebenso mühsam – mit mancherlei Ängsten – erworben wird: wie die psychische Entwicklung des kleinen Kindes vom magischen zum realitätsgemäßen Denken. Beherrscht der Schüler in Hogwarts schließlich (s)einen Zauber, so wird nicht nur das reale Zaubern zu einem lustvollen Erleben, sondern die Attraktivität des jungen Zauberers nimmt in bezaubernder und wirkungsvoller Weise zu. Davon erzählen die vielen Szenen zarter Verliebtheiten, der Missverständnisse, Eifersucht und Verwirrungen zwischen Harry, Ginny, Cho, Hermine, Ron, Krum, Luna, Fleur, Bill u. a., wie auch hierzu die verschiedenen erwachsenen Kontrastfiguren von Madame Maxime, Hagrid, McGonagall, Dumbledore oder den Eheleuten Weasley und Dursley, Lupin und Tonks, um nur einige zu nennen. Nicht von ungefähr lautet die Maxime Dumbledores, des Großmeisters der weißen Magie, dass der mächtigste Zauber von allen die Liebe ist.

Zusätzlich zu all dieser Lebendigkeit und der mit ihr verbundenen Sexualisierung ist die Zauberei mit dem Grandiosen behaftet. Sie ist der Gegenpol zu der tödlichen Bedrohung durch Voldemort, der zwar auch das Handwerk des Zauberns beherrscht, jedoch nicht mit dem Ziel, bezaubern oder lieben zu können, sondern sich der Welt mit der einen verrückten Idee zu bemächtigen, dass nur reinblütige Zauberer die wahre Kunst des Zauberns beherrschen können. Sind sie nicht reinblütig, verwirken sie ihre Existenz. Dies ist nicht die Lehrmeinung von Hogwarts, im Gegenteil: Die Zauberei lebt von der psychischen Offenheit zu den Muggeln, wenn diese nur das Talent für die Zauberei, letzlich für die bezaubernde Vielfalt des Lebens mitbringen. Voldemort ist seinem Namen gemäß ein Feind des Lebens, obwohl er glaubt, mittels schwarzer Magie ewig leben zu können. Da diese beiden Prinzipien weißer und schwarzer Magie in dem gesamten Werk heftig umkämpft werden, erhält der Roman eine *dynamische* Konstruktion. Auf diese Weise wird ein Spannungspotential erzeugt, das den Leser im Sinne der wörtlichen Übersetzung von *Faszination* tatsächlich bannen und vielleicht auch vorübergehend behexen kann.

Zum Zaubern wie zum Leben wird etwas Talent benötigt, nicht alle werden gleich gute Zauberer, und sobald das Lernen beginnt, braucht man einen Zauberstab. Die Herstellung und Wahl des persönlichen Zauberstabes sind eine Wissenschaft für sich. Dass sowohl der Zauberstab an den richtigen Schüler wie auch umgekehrt der Schüler in den Besitz eines wie für ihn selbst geschaffenen Zauberstabes gelangt, beruht auf einer unbewussten Interaktion zwischen beiden. Es heißt, dass der Zauberstab sich seinen zukünftigen Eigentümer selbst sucht. Dieser Vorgang ist dem Schüler selbst nicht zugänglich, sondern obliegt der Beobachtung eines erfahrenen *wandmakers:*

> Harry weiß nicht, wie ihm geschieht. Ihn verwundert nur die wachsende Hektik von Mr. Ollivander, bis sich zeigt, worauf es ankommt. Harrys Finger erwärmen sich, und aus dem Zauberstab sprühen Funken. (I.5)

Die Sexualisierung entsteht in eben jener Atmosphäre, wie sie sich beim Erwerb des Zauberstabes herstellt, aber auch zeitlebens erhalten bleibt – wie die Sexualität als Triebkraft bis zum Tod.

In dieser Szene eine masturbatorische Phantasie zu sehen, ist eine Möglichkeit. Doch da der Leser erfährt, dass der sogenannte Bruder dieses Zauberstabes – im Besitz von Voldemort – die Narbe auf Harrys Stirn verursacht hat und dass das Mark in beiden Zauberstäben jeweils eine Schwanzfeder des sich selbst erneuernden und mit heilenden Kräften ausgestatteten Phönix ist, der Zauberstab also höchst lebendig sowohl Tod wie Leben schaffen kann, wird dieser *penis mirabilis* zu einem Bild von Aggression und sexuellen Triebkräften, womit angemessen umzugehen, einen psychischen Reifungsprozess erfordert. Wie der Leser weiß, geht es in der Adoleszenz um sexuelle Annäherung, ohne aufs Handeln festgelegt zu sein: Einerseits ist durch die Triebsteigerung Sexualität realisierbar, andererseits ist sie noch verknüpft mit den infantilen Mustern erfahrener Zärtlichkeit und Zuneigung. Wie aus dem Zaubern die Gewissheit der reifen Fähigkeit wird, die Triebwünsche zu beherrschen und in Beziehungen bezaubernd und liebenswert zu sein, ist ein langer Weg:

> Als Harry schließlich am Ende des sechsten Bandes seine Zuneigung zu Ginny entdeckt, sich aber zu diesem Zeitpunkt von ihr trennt, um wegen seiner Suche nach den Horkruxen ihr Leben zu schützen, sagt er: »Ich wünschte nur, ich hätte dich früher gefragt. Wir hätten Ewigkeiten gehabt ... Monate ... vielleicht Jahre ...« »Aber du warst zu sehr damit beschäftigt, die magische Welt zu retten«, sagte Ginny halb lachend (VI: 651)

– und er ist es zu diesem Zeitpunkt immer noch.

(Doch dem Epilog des siebten Bandes zufolge, *»Nineteen Years Later«*, haben die Protagonisten des Romans diese Reifeprüfung dann längst bestanden.)

J. K. Rowling verwendet also Elemente der narzisstischen und triebhaft aufgeladenen adoleszenten Situation, um die Spannung über sieben Bände, über nahezu viertausenzweihundert Seiten und einundertachtundneunzig Kapitel aufrechtzuerhalten. Dies spiegelt sich auch darin, dass die Kapitelzahl sich von Band zu Band mit geringen Abweichungen steigert, so dass das gesamte Werk eine einzige ansteigende Erregungskurve darstellt.[7]

Es gibt jedoch auch einige stabilisierende Momente, in denen sich die erregte Spannung (sexuelle Vorlust) auflöst und beruhigt, wenn am Ende eines jeden Bandes bzw. Schuljahres Dumbledore zusammen mit Harry die zurückliegenden Ereignisse reflektiert.

Anschließend gehen die Schüler von Hogwarts in die Sommerferien, ebenso klappen die Leser das Buch zu, der Roman ist zu Ende, bis in ein bis zwei Jahren das *Spektakel* mit einer Fortsetzung zwar von Neuem beginnt, aber in dem Rhythmus, dass von Jahr zu Jahr ein etwas veränderter Jugendlicher die Sommerferien bei den Dursleys verbringt, wobei wiederum neue Reibungsflächen entstehen, aufgrund derer neue Zaubereien inszeniert werden und sich wie bei einem Perpetuum mobile weitere Handlungen wie unbewusst ablaufende Atemzüge anbahnen.

Diese Lebendigkeit ist sowohl banal, weil alltäglich, als auch bannend und wirkt deshalb verzaubernd. Der Leser könnte sich deshalb fragen, ob der Welterfolg nicht auch ohne gezieltes Merchandising zustandegekommen wäre oder ob Verkaufsstrategen letztlich nur ihrer eigenen Verzauberung gefolgt sind.

---

7 Vgl. die ansteigende Linie der Anzahl der Kapitel vom ersten bis zum siebten Band: 17 – 18 – 22 – 36 – 37 – 30 – 37 Kapitel. In der Distanz von neunzehn Jahren (Epilog) ist die Erregung dann beendet.

Das spezielle Erleben von Faszination und Lebendigkeit entsprach nicht meiner aktuellen Leseerfahrung. Ich lernte den Roman zuerst (2001) nach Erscheinen des dritten Bandes, des *Gefangenen von Askaban,* kennen, als Schüler in der Klinik mit mir über Harry Potter reden wollten. Der erste Band, *Der Stein der Weisen,* schlug mich damals sofort in Bann. Da ich gerade eine Untersuchung über leidvolle Schulerfahrungen abgeschlossen hatte,[8] kam ich kurzfristig auf die Idee, jetzt über Harry Potter schreiben zu wollen, der sich auf eine so lustvolle Weise seiner Alltagswelt *verweigerte* und stattdessen das Internat für Zauberer besuchte.

Doch meine Aufmerksamkeit flaute ab. Den fünften Band nahm ich überhaupt nicht mehr zur Kenntnis. Dann folgte eine neue Phase der Aufmerksamkeit, nachdem ich einen Vortrag gehört hatte: »Harry Potter – das Trauma als Motor der psychischen Entwicklung« (Subkowski, 2005). Im Anschluss daran wollte ich meine Lektüre fortsetzen, doch es blieb bei diesem Vorsatz, weil ich nach wenigen Seiten wieder den Eindruck hatte, das sei doch nichts als Luft.

Als mich der Verleger Roland Apsel an die inzwischen längst vergessene Idee erinnerte, reagierte ich abwehrend und fragte Kollegen und Freunde, was sie davon hielten, ein Buch über alle sieben Bände zu schreiben. Es gab zwei Reaktionen, die einen, die sofort begeistert waren, und

---

8 Karin Nitzschmann: Verweigerung macht Sinn. Schulvermeiden und Weglaufen als Selbstfindung. Frankfurt a. M., 2000. 3. Auflage in Vorbereitung.

jene, die nach anfänglicher Skepsis plötzlich ihre Meinung zum Positiven wendeten, und dies unabhängig davon, ob sie einzelne, gar keine oder alle bisherigen Bände über Harry Potter gelesen hatten.

Jetzt wurde ich wiederum neugierig, las mich in den ersten Band ein, die alte Begeisterung über den *Stein der Weisen* flammte wieder auf, und ich beschloss, mich mit dem gesamten Werk zu befassen.

Meine Leseprotokolle spiegeln wiederum Ambivalenz, den Wechsel gespannter Aufmerksamkeit wie auch Interesse und totales Desinteresse aufgrund zeitweiliger Verwirrung und innerer Lähmung wider. Keinswegs verspürte ich eine durchgängige Faszination, mit der ich den Welterfolg von Harry Potter hätte nachvollziehen können.

Ich folgerte, dass durch meine Art der Rezeption mir etwas von dem Werk unzugänglich wurde, und reagierte darauf zunächst mit vermehrter Anstrengung, den genauen Inhalt zu erfassen und auf seine Aussage hin zu protokollieren. Ich war sehr enttäuscht, dass ich nach wie vor keinen Zugriff auf den Text hatte, denn ich verlor mich jedesmal in Einzelheiten: Ich fühlte mich dermaßen verwickelt, dass ich es eine Zeitlang überhaupt für unmöglich hielt, die Komplexität von etwa viertausendzweihundert Seiten im Blick zu behalten oder gar zu interpretieren, bis mir klar wurde, dass ich anders rezipierte als die meisten Leser.

Durch die konzentrierte und direkt aufeinanderfolgende Lektüre aller Bände hatte ich mich zeitlich unbegrenzt und in affektiver Offenheit in die Welt des Harry Potter begeben, was bei den meisten Lesern in der Regel nur etwa alle anderthalb bis zwei Jahre und nur für eine kurze Zeit geschah. In diesem Lesemarathon hatte ich mich einer Reizüberflutung ausgesetzt, was keinem Leser geschieht, der in einem wohlgesetzten Timing zur Lektüre greift. In einem fortgeschrittenen Stadium meiner Untersuchung setzte ich diese Beobachtungen in Beziehung zu meinen Überlegungen über die *Verzauberung des Banalen:* Die fortgesetzten Reize überbordender phantastischer Bilder und Handlungen machte jegliche verzaubernde Wirkung zunichte. Bei einer sequentiell erfolgenden Lektüre dagegen bleiben die lustvollen Erwartungen erhalten oder werden von Neuem angeregt. Nicht von ungefähr, wenn auch als Geisterstunde getarnt, beginnt der Verkauf einer neuen Veröffentlichung wohl inszeniert um Mitternacht. Da es hierbei auch um Geld geht, entsteht ein Hauch von »sublimierter Pornographie«. Auf diese Weise erlebte ich komplementär zur Leserschaft den negativen Affekt, der mit der Grandiosität verbunden ist, die unbewusste Ambivalenz.[9]

Ferner irritierte es mich, dass ich abgesehen von dem permanenten Kampf um Leben und Tod zwischen Harry Potter und Voldemort keinen roten Faden für die Handlung entdecken konnte, stattdessen Fragmente diverser Schauplätze. Erst als ich versuchte, den Inhalt zusammenzufassen und immer weiter abstrahierend zu reduzieren, stellte ich fest, dass die einhundertachtundneunzig einzelnen Kapitel des gesamten Werkes, in denen sich Hunderte von Szenarien enthüllen, die teils rätselhaft, teils hand-

---

[9] Ambivalenz ist ein fundamentales Prinzip des Psychischen. Seine Überwindung ist zum einen ein wesentlicher Bestandteil der ödipalen Entwicklung, indem Liebe und Hass, die immer zugleich auf ein bedeutsames Objekt gerichtet sind, zugunsten der Liebe entschieden werden. Formal wiederholt sich Ambivalenz ebenfalls in dem oft konflikthaften Oszillieren des Adoleszenten zwischen den Liebesobjekten seiner Kindheit und der Suche nach neuen Liebesobjekten (vgl. die Kapitel *Die Geburt des Helden* und *Verzicht und Gewinn).*

lungslogisch, teils auf spätere Zusammenhänge verweisend, sich dann im Rückblick auf die Vergangenheit in der aktuellen Gegenwart wiederum ganz anders lasen, ebensowenig greifen lassen wie das Leben selbst.

In einer aus dem Arabischen stammenden Parabel, in der ein Herrscher alles Wissen über das Leben von seinem Großwesir zusammentragen lässt, kommt es über Jahrzehnte zu einer riesigen Sammlung von Büchern. Da das Leben des Herrschers nicht ausreicht, um alles zu lesen, verlangt er im Abstand von zehn Jahren immer wieder nach einer reduzierenden Zusammenfassung. Aber auch die folgenden konnte er jeweils nicht lesen. Dem Tode nahe möchte er alles in einem Satz hören. Sein Wesir antwortet: Der Mensch wird geboren, lebt und stirbt. Eine banale, wenn auch fundamentale Feststellung. Übertragen auf Harry Potter würde die Antwort lauten: Er wurde als Held geboren, erlebte viele Abenteuer und blieb am Leben.

Im Epilog des siebten Bandes, Harry ist im Alter von sechsunddreißig Jahren, wird beschrieben, wie er und seine einstigen Schulfreunde und -feinde wiederum als Eltern ihre Kinder zu Beginn des neuen Schuljahres zum Hogwarts-Express bringen. Das Leben in der Generationsabfolge geht also weiter, und vieles wird sich in Variationen über die Generationen wiederholen, wie es auch Harry Potter erlebt hat. Die Autorin J. K. Rowling hat das Werk für abgeschlossen erklärt. Sie hat eine Zäsur gesetzt und gleichzeitig mit dem Epilog angedeutet, dass es weitergeht – wie das Leben selbst.

Für diese Sichtweise würde sprechen, dass das Gesamtwerk im Spiegel der adoleszenten Entwicklung ein spannungsreiches Bild des Lebens erschafft, ein riesiges Kaleidoskop und eine Projektionsfläche für die Empfindungen und Phantasien des Lesers.

Aber das Leben ist nicht nur komplex in seinen Erscheinungsformen, sondern auch hinsichtlich seiner Dimensionen von Sinn. Aus dieser Perspektive suchte ich ebenfalls vergeblich den roten Faden, der alles mit allem verband, entsprechend dem Anspruch der großen Menschheitsmythologien, in denen alle mythologischen Fragmente sowohl einen sinnvoll geordneten wie auch psychologisch nachvollziehbaren narrativen Kontext ergeben. Vielleicht war die Frage einfach nur falsch gestellt, denn der Sinn könnte allein in der Suche liegen.

Wenn sich Aspekte einer kohärenten Entwicklungsperspektive andeuteten, bemerkte ich leider auch, dass alles schon längst und vielfach in Literatur, Dichtung und Fachliteratur behandelt worden ist. Was sollte dazu noch anzumerken sein? Hier entdeckte ich wiederum die quälende Seite meiner Lektüre.

J. K. Rowling schreibt also über das *Leben,* obwohl sie angeblich geäußert hat, sie schreibe über den *Tod,* insbesondere in *The Deathly Hallows.*[10] Jedoch, über den Tod können wir nicht schreiben, wir versuchen, uns zwar Bilder zu machen, aber wir haben keine. Es kommt jedoch auf die Integration tödlich aggressiver Strebungen an, damit vitales Leben überhaupt möglich wird. Für diese Integration bietet sich die Gestalt des Voldemort an, ebenso die konkrete Interaktion zwischen ihm und Harry Potter. Harry verändert sich im Gegensatz zu Voldemort, so dass beide wie eine Metapher für den Lebens- und Todestrieb erscheinen. Doch ebenso ließe sich Voldemort im Kontrast zu Dumbledore als destruktive Vaterrepräsentanz

---

10 Thomas Kielinger: Es geht um den Tod. Mit dem siebten Band der Harry-Potter-Saga hat J. K. Rowling die Grenze zur Erwachsenenliteratur überschritten. DIE WELT, 23. 7. 2007: 23.

analysieren wie auch als Harry Potters eigene destruktive Triebbesetzung.

Hiermit nähere ich mich der Tatsache, dass ein Kunstwerk immer auf Mehrdeutigkeit angelegt ist (wie das Leben). Es geht nie um die einzige richtige Deutung, sondern darum, dass sich dem Leser unterschiedliche projektive Möglichkeiten anbieten, die seine Anteilnahme, seine Gebanntheit und seine Beschäftigung mit der Lektüre ausmachen.

Der, wenn auch nicht neue, aber doch geniale Kunstgriff, die Komplexität des Lebens in einer Zauberwelt oder einer Welt von Zauberern anzusiedeln, macht deutlich, in welchem Kampf um das Realitätsprinzip sich der Mensch entwickelt – und zwar in Abgrenzung gegen lustvoll grandiose (magische und unbewusste) Allmachtsphantasien. Ist das Werk über Harry Potter der *Faust* für Kinder?

Die Medialisierung des Faustischen

Ich beabsichtige nicht, die literarische Qualität J. K. Rowlings in den Rang Goethes zu erheben. Ich halte es aber für zulässig, einige Elemente zu benennen, die eindringlich sind und selten ihre Wirkung verfehlen, auch wenn sie nicht von J. K. Rowling entdeckt wurden. Oftmals ist der Einstieg über eine populäre Version der Weg, sich mit dem nächst Schwierigeren zu befassen.

Die im vorigen Abschnitt vielleicht manchem Leser etwas kühn gestellte Frage entstand unter dem Eindruck, dass bei Harry Potter fundamentale Lebensprinzipien zur Sprache kommen, zumal mir während meiner Lektüre zwischen dem Faust und Harry Potter eine Reihe teils inhaltlicher, teils formaler Parallelen aufgefallen waren, machmal auch nur modifiziert und in extrem vereinfachender Weise.

Mit dieser Darstellung soll ferner sowohl meine These der *Deutungsvielfalt* gestützt wie auch gezeigt werden, dass J. K. Rowling in *grandioser* Weise sich vertrauter Bilder der Weltliteratur bedient, die schon aus diesem Grunde eine breite Leserschaft ansprechen können (vgl. Kielinger, 2007; Latacz, 2007; Lexe, 2003; Maar, 2003).

Von der Figur des Faust ist schon immer eine faszinierende Wirkung ausgegangen, und vermutlich hat sich Goethe bereits als junger Mensch durch Puppenspiel und volkstümliche Jahrmarktdrucke von dem Faust-Drama beeindrucken lassen. Heinrich Heine formuliert 1847 die Wirkung für seine Generation mit den Worten:

> Vielleicht hat die Legende von Johannes Faustus deshalb einen so geheimnisvollen Reiz für unsere Zeitgenossen, weil sie hier so naiv und faßlich den Kampf dargestellt sehen, den sie selber jetzt kämpfen, den modernen Kampf zwischen Religion und Wissenschaft, zwischen Autorität und Vernunft, zwischen Glauben und Denken, zwischen demütigem Entsagen und frecher Genußsucht – ein Todeskampf, wo uns am Ende vielleicht ebenfalls der Teufel holt wie den armen Doktor ... (Heine, zit. nach: Hermes, 2007: 145)

Übertragen auf Harry Potter könnten diese Sätze lauten: Es wird so naiv und fasslich der Kampf dargestellt, den jede heranwachsende Generation von Neuem kämpft, den stets sich wiederholenden (und deshalb modernen) Kampf zwischen dem Verlust der Liebesobjekte der Kindheit und der Suche nach den neuen, zwischen Zauberei und der Wirklichkeit des Lebens, zwischen Liebe und mörderischer Macht, zwischen Lebenstatsachen und ihrer Verleugnung: ein Kampf auf Leben und Tod, wo der Leser am Ende vielleicht fürchtet, Voldemort könnte ihm ebenso begegnen wie dem armen Harry Potter.

Dieses Szenario ist bei Goethe eingebettet einerseits in die komplexe Welt des Gelehrten der Scholastik auf dem Weg in die Moderne, wo Mythos, Kult und Religion immer mehr an Bedeutung verlieren und sich der Mensch auf seine eigenen Kräfte besinnt, ebenso wie der Jugendliche seine eigenen Kräfte kennenlernt, die ihn zum Erwachsenen mit eigener Verantwortung werden lassen.

Goethe entfaltet diese Welt mit einer »Fülle von Bildern, Gestalten, Mythen und Allegorien aus Antike, Bibel, europäischer Sage, christlichem Brauchtum, Volksaberglauben usw.« (Hermes, 2007: 5) J. K. Rowling verfährt nicht anders, obwohl es einen Unterschied gibt. Während der Faust nicht ohne genaue Kenntnis dieser Bilder zu verstehen ist, bedient sich J. K. Rowling wiederum eines Kunstgriffs.

Stellvertretend für viele andere Bilder wähle ich ein Beispiel aus dem *Stein der Weisen* bzw. der *Geburt des Helden*: Als in der Welt der Zauberer der Sieg über Voldemorts Verschwinden und Harrys Überleben gefeiert wird, lässt es Dädalus Diggel vor lauter Übermut und Freude am nächtlichen Himmel Sternschnuppen regnen. Dädalus Diggel ist hier lediglich ein Zauberer, und ein Leser jeden Alters versteht, sofern er sich auf diese fiktive Welt einlässt, dass Zauberer alles Mögliche können.

Der mythische Daidalos hingegen hatte den Tod seines Sohnes Ikarus zu beklagen, als dieser sich während ihrer Flucht von Kreta mit seinen wächsernen Flügeln zu sehr der Sonne näherte. Der informierte Leser könnte erahnen, dass Harrys Rettung noch keineswegs gesichert ist oder das Kind eben doch noch nicht in trockenen Tüchern liegt.

Mit dieser indirekten und verballhornten Anspielung auf einen mythologischen Topos erreicht die Autorin junge und ältere Leser und solche mit unterschiedlicher Vorbildung, ein Phänomen, das unendliche Male in Variationen durchgespielt wird und zur Abfassung lexikalischer Begleitwerke für das Gesamtwerk geführt hat (vgl. u. a. Schneidewind, 2000).

Bei Goethe entfaltet sich die Handlung an diversen historischen Orten. Auch J. K. Rowling inszeniert die Handlung an zeitnahen Schauplätzen, unterscheidet sich natürlich erheblich von Goethe in der Wahl der stilistischen Mittel: Die Verfolgung nicht reinblütiger Zauberer beschwört den Rassismus des Nationalsozialismus herauf. Die Öffnung der *Kammer des Schreckens* war zuletzt 1942 erfolgt, und 1945 findet das legendäre Duell zwischen Dumbledore und Grindelwald statt, in dem ersterer in den Besitz jenes Zauberstabes, eines der *Deathly Hallows*, gelangt, der den jeweiligen Besitzer zum Sieger eines jeden Kampfes werden lässt. Diese Jahreszahlen sind *Reizwörter*: 1942 ist ein Datum für unzählige *Schrecken, insbesondere Auschwitz,* während des Zweiten Weltkriegs; 1945 ist ebenfalls eine »Wunderwaffe« in Entwicklung und umkämpft, die Atombombe, die ebenfalls zu der Phantasie verleiten kann, die Macht über Leben und Tod der Menschheit zu besitzen bzw. seinen Besitzer mächtig und unverwundbar zu machen. Dies ist ein Beispiel dafür, auf welch *triviale* Weise Phantasien des Lesers stimuliert werden (vgl. Killy, 1962; Leupold-Löwenthal, 2002; vgl. Kap. 6: *Die Trivialisierung von Repression und Gewalt*).

Die Zeitstruktur des Faust-Dramas durchdringt viele Epochen. Bei Harry Potter erlebt der Leser magisch-grandiose Zeitflüge: vom frühen Mittelalter, der Gründung Hogwarts, bis in die Gegenwart einschließlich real-historischer Perspektiven; durch das Denkarium, einer Erinnerungsschale für Ereignisse und Gedanken, wird die Vergangenheit von Generationen lebendig, das Leben Voldemorts, Dumbledores, Snapes, der Potters und noch weiter zurückliegender Generationen in ihrer Wirkung auf gegenwärtige Ereignisse; durch den Zeitumkehrer und durch die Zauberei wird es möglich, an verschiedenen Orten gleichzeitig zu sein, Geschehnisse zu korrigieren und sogar in die Gedanken anderer einzudringen.

Ein kleines Element am Rande: In beiden Werken gibt es den Wunschspiegel; Faust entdeckt in ihm Helena, während Harry im Spiegel Nerhegeb seine Eltern erblickt, wie sie ihm fröhlich und liebevoll zublicken.

Es gibt bei Goethe die alte und die neue Welt, bei Rowling die Welt der Zauberer und der Muggel, der Nichtzauberer: Der Leser begegnet Faust und Mephisto bzw. Dumbledore/Harry und Voldemort. Mephisto nähert sich Faust als Animagus in Gestalt eines Pudels. Bei Harry Potter gibt es viele Animagi, aber derjenige, der Harry während seiner Zeit in Hogwarts besonders nahe ist, ist Sirius Black in Gestalt eines schwarzen Hundes.

Das Ordnungsprinzip von Gut und Böse dient höchstens der groben Orientierung, denn zwischen Faust und Mephisto wie auch zwischen Harry und Voldemort besteht ein Pakt, der bei J. K. Rowling dadurch zustandekommt, dass durch Voldemorts Anschlag zwischen ihm und Harry ein minimaler Seelenaustausch stattfindet.

Ebenso wie Mephisto – *»ich bin ein Teil von jener Kraft, die stets das Böse will, doch stets das Gute schafft«* – hält Voldemort das gesamte Geschehen in Gang. Beide Gestalten sind wesentlich faszinierender als Faust oder Harry. Jedoch von Voldemort ist keine Komik zu erwarten, wie sie Mephisto zuweilen in brillanten Kommentaren an den Tag legt. Während dieser sich selbst durchschaut, will Voldemort Harry blindlings vernichten. Harry wächst daran, wodurch das Faust-Thema bei J. K. Rowling die ödipale Auseinandersetzung ins Spiel bringt.

Am Ende der Faust-Dichtung wie auch des Harry-Potter-Romans ereignet sich eine bemerkenswerte Parallele, es vollziehen sich Umkehr und *Verzicht*: Faust will die Magie verlassen und wieder Mensch werden. Indem Harry die Magie verlässt, erkennt er seine Endlichkeit an.

Faust und Harry sind zunächst in unterschiedlicher Weise am Ende ihres Lebens, doch für beide gibt es wiederum eine Wende, einen *Gewinn.* Harry lebt nach einer kurzen Ohnmacht weiter und kann Voldemort endgültig besiegen, während Faust zwar erblindet, aber erleuchtet durch inneres Sehen und Erkenntnis als alter Mann tatsächlich stirbt. Jedoch seine Seele wird gerettet, wodurch Mephisto ebenso verliert wie Voldemort. Auch er ist der *»Geist, der stets verneint«*, indem er bis in seinen endgültigen Tod hinein seine wieder erworbene Sterblichkeit verleugnet.

Am Ende des Faust-Dramas erfolgt eine Rückblende auf die Gretchen-Tragödie. Viele Handlungsstränge und Personen werden teils im sechsten Band, dem *Halbblutprinzen,* doch vor allem erst im letzen Gespräch zwischen Dumbledore und Harry im siebten Band, *The Deathly Hallows,* wieder aufgenommen und verständlich.

Beide Werke sind von einer großen Themenvielfalt, die Faust- und Goetheforschung ist ein unendliches Thema, beide Werke sind verfilmt, Harry Potter bislang (nur) bis zum fünften Band und sicherlich lassen sich auch über Harry Potter noch manche Bücher schreiben. Schullektüre sind sie ebenfalls, nur lässt sich die Lektüre von Goethes *Faust* nicht an einem Wochenende bewältigen.

4. Von der Grandiosität zur Conditio humana

Die Geburt des Helden

In der Überschrift dieses Kapitel sind verschiedene Themen verdichtet:

1. Harry Potter wird als *Held* eingeführt, dessen *Geburts*minute jener Augenblick ist, als er bei dem tödlichen Anschlag Voldemorts zu Beginn seines zweiten Lebensjahres zwar seine Eltern verliert, selbst jedoch wie durch ein Wunder überlebt.

2. Mit diesem Ereignis kommt das *Unheimliche* ins Spiel, das sich einerseits auf Voldemort und Harry bezieht, aber ebenso lebendig wird in der Familie Dursley. Harrys Präsenz berührt einen kritischen Punkt zwischen Petunia Dursley und Harrys Mutter Lily, wodurch sich Petunia wie in ständiger Alarmbereitschaft befindet, aber kein Wort über die Zusammenhänge verlauten lässt.

3. Knapp zehn Jahre später erhält dieses Thema kurz vor Harrys elftem Geburtstag erneute Brisanz dadurch, dass wiederum *unheimliche* Dinge passieren, die Harry eher *neugierig* werden lassen, während die Personen seiner Umgebung nicht wissen, wie sie sich ihrer erwehren sollen. Sie geraten in *Wut*, *Entsetzen*, *Angst* und *Schrecken*.

4. Harry, ebenso wie sein Cousin Dudley an der Schwelle zur *Adoleszenz*, dürfte bei aller Neugier über die psy-

chischen und leiblichen Veränderungen nicht weniger hilflos und zunächst verunsichert sein wie die Erwachsenen, doch vor allem dürfte die jetzt allgegenwärtige *Sexualität Unheimlichkeiten* bewirken.

5. Alle Betroffenen befinden sich in einer neuen Situation – und in einem kritischen Augenblick wird Harry *erneut* zum *Helden,* indem er jetzt nicht mehr das Kind tödlich verunglückter Eltern ist, sondern der Sohn berühmter Zauberer und sich auch selbst zum Zauberer werden lässt. An dieser Stelle *tagträumt* Harry eine *Urphantasie*, den *Familienroman*.

Der Mythos von der Geburt des Helden (Rank, 1909), *Das Unheimliche* (Freud, 1919) und *Der Familienroman* (Freud, 1939) haben bei aller inhaltlichen Differenz gemeinsam, wie durch mehr oder weniger grandiose, teils bewusste, teils unbewusste Phantasien die innere und äußere Wirklichkeit mitgestaltet wird. Darüber hinaus haben sie das gemeinsame Moment der Wiederholung und Wiederkehr. Das *Heldenhafte* und der *Familienroman* sind eine Art kulturelles Gedächtnis, das sich ständig wiederholt. Das *Unheimliche* berührt eher das individuelle und subjektive Gedächtnis, indem das, was als *unheimlich* erscheint, nur deshalb Schrecken, Entsetzen und schließlich Angst hervorruft, weil etwas Bedrohliches als vergessen Geglaubtes plötzlich spürbar wird: Es existierte *heimlich* weiter, weshalb es auch das Vertraute und Bekannte ist. Vielleicht ist das *Unheimliche* auch selbst Teil der Conditio humana, weil sich der Mensch selbst kaum ergründen kann und das nicht nur in der beginnenden Adoleszenz.

Dieser konzeptionelle Rahmen soll nun in der Begegnung mit dem Text erläutert und vertieft werden:

»Ein Junge überlebt« (I: 5): Wir schreiben das Jahr 1981. Die Dursleys aus Little Whinging, in der Nähe Londons, sind eine ganz alltägliche Familie. Der Vater, Vernon Dursley, wirkt wie ein Choleriker, die Mutter, Petunia, ist blass, unscheinbar und unglaublich verliebt in ihren kleinen, knapp einjährigen Sohn Dudley.

Der Vater, beruflich in gehobener Position, scheint ein erfolgsgewohnter Kaufmann im Vertrieb von Bohrmaschinen zu sein. Während er tagsüber unterwegs ist, irritieren ihn an diesem Tage verschiedene nicht eindeutige Wahrnehmungen: Ansammlungen ungewöhnlicher Menschen, die ihn manchmal wie aus Versehen berühren, und eine Katze, die ihn sonderbar ansieht. Als er die Worte »die Potters« und »ihr Sohn Harry« (I: 8) vernimmt, horcht er auf und überlegt, ob er am Abend seine Frau fragen sollte, ob sie etwas von ihrer Schwester gehört habe, aber er ist sich unschlüssig, denn sie regt sich immer furchtbar auf, wenn auch nur deren Name fällt. Er hoffe, sich das alles nur einzubilden, was wiederum neu für ihn war, denn von Einbildungskraft hielt er nichts (vgl. I.1).[11]

Mr. Dursleys Gedankenspiel könnte auf ein wohlgehütetes *Familiengeheimnis* hinweisen, das besser nicht zur Sprache kommt. Es ist schon bezeichnend, dass er als nüchtern denkender Mann sich plötzlich mit seinen *Einbildungen* befasst, die ihn aber längst nicht so erregen wie seine Frau. Deren eigener Sohn ist zu diesem Zeitpunkt etwa vierzehn Monate alt, es geht aber um Harry, den Sohn der Potters. Ob sich Mr. Dursleys *Einbildungen* auch auf Dudley beziehen, bleibt verborgen.

Verborgen bleibt zunächst auch, was Petunia Dursley an diesem Abend, dem folgenden Tag und in wiederholten Abständen in den kommenden sechzehn Jahren immer

---

[11] I.1 = Band I, Kapitel 1.

wieder in so große Erregung versetzt. Erst im siebten und letzten Band erfährt Harry von Dumbledore etwas über die rivalisierenden Schwestern Petunia und Lily. Vielleicht ist es auch nur eine Vermutung des gereiften Harry. Petunia hätte darüber sprechen können, und selbst als sich die Familie Dursley und Harry im siebten Band endgültig trennen, weil sie zu ihrem und Harrys Schutz vor Voldemort evakuiert werden müssen, zögert sie lediglich beim Hinausgehen, als wollte sie doch noch etwas zu Harry sagen, aber sie tut es nicht.

Genau besehen ist die Geschwisterrivalität *kein besonderes Geheimnis,* außer der Leser schenkt der Tatsache Glauben, dass etwas so Abartiges wie *Zauberei geheim* bleiben müsse, oder die Gefühle von Hass und Neid auf die Schwester sind so bedrückend und verwirrend und *umheimlich*, dass diese der inneren Geheimhaltung unterliegen.

Da nichts zur Sprache kommt, sondern alle Empfindungen in Handlung umgesetzt werden, bleiben Vernon und Petunia Dursley, ausgenommen deren Sohn Dudley, bis auf die letzten Seiten des Zyklus Harrys lieblose und peinigende Adoptiveltern. Auf diese Weise wird einerseits von Anfang an eine unsichtbare Wand zwischen der Welt der Magier und der nichtmagischen Muggel errichtet, andererseits wird der Leser mitfühlend mit Harry identifiziert. Aber vielleicht bedauert der Leser ebenso sehr den Cousin Dudley, der sich nicht wie Harry aus seinem kleinbürgerlichen Milieu befreien kann und als Zauberschüler nach Hogwarts eingeladen wird. In einer milden Variante wird darüber hinaus die Vorstellung von Gut und Böse kreiert, wie sie sich wenig später und dann durchgängig bis zum Finale des Romans in der Beziehung Voldemort – Harry konstituiert. Möglich ist jedoch auch, dass die klischeehafte Überzeichnung der Personen den Leser emotional auf Distanz halten soll. Diese vielen Möglichkeiten künden teils von einer verdichteten Interpretationsvielfalt, aber auch von einer potentiellen Beliebigkeit, die teils reizvoll ist, aber auch wenig Orientierung bietet.

Als endlich einsichtig wird, warum Petunia zwangsläufig Harry hassen musste, könnte es sich auch um den Kunstgriff handeln, noch offen gebliebene Zusammenhänge zur Abrundung in den gesamten Kontext einzubinden.

Petunia wird durch Harry auch mit ihrer eigenen Enttäuschung und Zurücksetzung konfrontiert, keine magischen Fähigkeiten zu besitzen. Aber was ist ein magisches Talent? Ist es die Metapher für ein lebendiges Innenleben, eine adäquate oder auch nicht angemessene Größenphantasie oder ist es der Hass auf die Existenz dieser Schwester, die ihr vielleicht die auschließliche Liebe und Bewunderung der Eltern geraubt hat?

Sie heiratet einen konservativen, sich allen *Einbildungen* widersetzenden Mann und lässt ihren gemeinsamen Sohn Dudley zum tumben Abbild des elterlichen Selbst heranwachsen, wofür der Einkleidungsritus stehen mag, nachdem Dudley in der tradionsreichen Schule seines Vaters, in Smeltings, angemeldet war.

Selbst diese Anstrengungen schlagen eines Tages fehl, nicht weil sich in Dudley etwa ein magisches Talent andeutet, sondern weil einige Jahre später eine gemeinsame Erfahrung mit Harry, die Begegnung mit einem Dementor, ihn plötzlich mit inneren vernichtenden Zuständen konfrontiert, vor denen ihn seine Eltern zwar nicht bewahren können, aber Harry kann sie vertreiben, was ihm unvergesslich bleibt.

Zurück zum Anfang: Falls es Menschen mit magischen Fähigkeiten geben sollte, die nicht schon an sich *unheim-*

lich sein könnten, so ist es auf jeden Fall *unheimlich* und zutiefst *erschreckend*, wenn Menschen erfahren, dass vergessen geglaubte Affekte und Ereignisse plötzlich wieder lebendig werden können:

> Denn in den Abendnachrichten wird von Eulen und ungewöhnlichen Sternschnuppenschauern berichtet, und als Mr. Dursley seine Wahrnehmungen vor sich hinmurmelt, wird seine Frau Petunia fast steif vor *Schreck* (vgl. I.1).

Das *Geheimnis* enthüllt sich teilweise in der Nacht, nur teilweise, weil sich in der Enthüllung gleichzeitig weitere Rätsel andeuten und dafür sorgen, dass die Geschichte noch lange nicht zu einem guten oder schlechten Ende gelangen wird:

> Tagsüber hatte in Gestalt einer getigerten Katze, die Animaga[12] Professor McGonagall, auf der Lauer gelegen und trifft nun auf Professor Dumbledore. Beide sind Zauberer. Aus deren Unterredung erfährt der Leser, dass endlich, nach elf Jahren, ein Bösewicht verschwunden ist, dessen Name sich niemand bis auf Dumbledore getraut auszusprechen: Es ist Voldemort (vgl. I.1).

Das Namenstabu könnte das Gefühl für die allgemeine Bedrohung steigern, aber auch darauf verweisen, dass die Wiederkehr feindlicher, wenn nicht sogar tödlicher Impulse gefürchtet wird, oder es könnte sogar ein Aspekt magischen Denkens sein, dass mit der namentlichen Verleugnung das Schreckliche aus der Welt zu schaffen wäre.

> Bekanntlich hat Voldemort tatsächlich viel gemordet, u. a. Harrys Eltern, James und Lily Potter. Gänzlich unerwartet, kann er nicht das Kind töten. Seitdem trägt Harry eine

---

12 Eine Animaga oder ein Animagus kann sowohl Menschen- wie Tiergestalt annehmen.

> blitzförmige Narbe auf der Stirn, die ihn lebenslänglich erkennbar macht und ihn und andere immer wieder an dieses Ereignis erinnern wird. In diesem Augenblick verschwindet Voldemort und seine Macht bricht zusammen.

Zu einem *Familiengeheimnis* und den *unheimlichen Ahnungen* gesellt sich jetzt *die Geburt des Helden* Harry Potter. Seine Geburtsminute als Held ist der Augenblick: 1. als zwar seine Eltern sterben, 2. jedoch Voldemorts Tötungsabsicht an dem Kind scheitert, 3. gleichzeitig die Macht Voldemorts gebrochen ist und dieser verschwindet, und 4. ihn aber fortan mit dieser tödlichen Macht in Verbindung bleiben lässt.

Hinter dieser zuletzt genannten Tatsache verbirgt sich gleichzeitig Harrys Mission, die ihn zu dem späteren Helden werden lässt. Das Böse, das Harry zu Beginn seines Lebens nicht verschlingen konnte, erfährt ebenfalls eine *Wiederkehr;* womit er sich zwischen seinem elften und siebzehnten Lebensjahr weiterhin auseinandersetzen muss.

Harrys blitzförmige Narbe ist eine äußerst lebendige Metapher, die insbesondere auf dem Cover der englischen Ausgabe einer SS-Rune ähnelt und damit darauf anspielt, auf welch historischer Bühne solch tödliche Grausamkeiten aufgeführt werden.

Diese Narbe kribbelt, brennt und steigert sich zu qualvollen und die Besinnung raubenden Schmerzen. In ihr kehrt zum einen die Erinnerung an ein traumatisches Ereignis zurück, zum anderen ist sie auch die *Wiederkehr* des *unheimlichen Vertrauten:* die Konfrontation mit der ihm innewohnenden Destruktivität, sei sie nun durch Voldemort verursacht oder aufgefasst als das Kainsmal eines jeden Menschen. Beide Tatsachen laufen darauf hinaus, dass der Umgang mit fremder und eigener Destruktivität als Teil eines Entwicklungsprozesses aufzufassen wäre.

Obwohl es den Helden Harry Potter gibt, geht verglichen mit *Faust* die größere Faszination von dem Bösen aus, von Voldemort ebenso wie von *Mephisto.*

Die gedankliche Nähe zum Faschismus und zu großen literarischen Vorbildern ist teils ein grandioses Plagiat, teils ein grandioses Angebot an den Leser, seinen eigenen grandiosen Phantasien Raum zu geben, und teils wird der psychische Tatbestand erfüllt, dass in prekären Momenten mit Grandiosität aufgewartet wird.

> *Komik* und *Unheimliches* vermengen sich, als der Halbriese Hagrid aus den Lüften auf einem Motorrad anreist. Er hält Harry, wenig älter als ein Jahr, wie sein eigenes Kind im Arm, das versehen mit einem Brief von Dumbledore nun auf die Stufen vor die Tür der Dursleys gelegt wird. Harry kann vorläufig nur gerettet werden, indem er zu seinen Blutsverwandten gebracht wird, auch wenn es keine Zauberer, sondern Muggel sind. Für Petunia beginnt das Drama am anderen Morgen, wenn sie beim Hereinholen der Milchflaschen ihr Findelkind entdecken wird (vgl. I.1).

Vielleicht entdeckt sie auch nur eine Projektion, in der sie alles deponiert, was sie an ihrem Sohn Dudley nicht sehen möchte; vielleicht seine Versuche zur Selbstständigkeit, die nicht immer niedlich, sondern anstrengend sind und um so aggressiver werden, je weniger die Eltern verstehen, damit umzugehen.

Harry und Dudley sind in diesem Roman auf der Handlungsebene zwei Kinder von verschiedenen Eltern. Die geschwisterliche Beziehung ihrer Mütter ist sowohl etwas Getrenntes wie Verbindendes, so dass sich psychisch gesehen Harry und Dudley auch als ihr jeweiliges Alterego interpretieren ließen. Auf diese Weise würde die so heftig aufbrechende und kaum zu bewältigende Ambivalenz von Petunia nachvollziehbar und bietet vielen Lesern eine

Möglichkeit, sich sowohl mit den überforderten Eltern eines Harrys oder Dudleys zu identifizieren, wie auch aus der Perspektive des Kindes, das sich sowohl als Harry wie als Dudley unverstanden fühlen kann.

> McGonagall, Dumbledore und Hagrid entfernen sich wieder, um mit den Magiern der übrigen Zauberwelt den Sieg über Voldemort zu feiern. Es war Dädalus Diggel, der vor lauter Übermut und Freude es hatte Sternschnuppen regnen lassen, mit denen sich die Zauberer beinahe bei den Muggels verraten hätten (vgl. I.1).

Wie erwähnt, ist Dädalus Diggel der Zugriff auf eine bekannte Metapher, die der Leser nicht unbedingt kennen muss, denn im Roman ist er lediglich ein Zauberer. Der legendäre Daidalos hingegen hatte den Tod seines Sohnes Ikarus zu beklagen, als dieser während ihrer Flucht von Kreta verunglückte, weil er sich mit den wächsernen Flügeln zu sehr der Sonne genähert hatte. Der informierte Leser könnte erahnen, dass Harrys Rettung noch keineswegs gesichert ist oder das Kind eben doch noch nicht in trockenen Tüchern liegt.

> 1991, zehn Jahre später, haben sich zwar die Dursleys in ihr Schicksal eingefunden, mit Harry leben zu müssen, doch keineswegs ist er ein akzeptiertes Familienmitglied. Während Dudley ein eigenes Zimmer hat, campiert Harry in einem Schrank unter der Treppe, als müsste alles, was Dudley verändern könnte, vorsorglich ausgeschlossen werden (vgl. I.2).

Aber die Schranktüren öffnen sich, ebenso wie es lauernde bedrohliche Phantasien zuweilen tun und sich ihrer Urheber bemächtigen.

> Dudley begeht seinen elften Geburtstag, Harry etwa einen Monat später. Da in Harrys Gegenwart hin und wieder merk-

würdige Dinge passieren, für die sich die Dursleys bei ihren Nachbarn schämen, soll Harry vorsorglich vom Ausflug in den Zoo ausgeschlossen werden. Aber es findet sich für Harry keine andere Bleibe, so dass er unter Androhung von Strafe, falls wieder etwas *Ungewöhnliches* passiert, mitkommen darf. Er verspricht, dass nichts dergleichen passieren soll, obwohl ihm dabei etwas *unheimlich* zumute ist, denn er kann sich selbst nicht erklären, wie es bisher immer wieder zu unerklärlichen Zwischenfällen gekommen ist.

Im Zoo ist es langweilig, weil die Tiere in der Abteilung für Reptilien vor sich hindösen. Harry blickt durch die Glasscheibe, die nahezu unsichtbare Trennwand zwischen den Besuchern und einer Riesenschlange, und beginnt, mit ihr zu sprechen. Sie öffnet ihre Perlaugen, sie scheint zu zwinkern und zwischen beiden entwickelt sich ein stummer Dialog über ihre übereinstimmenden Erfahrungen: Immer würden sie von anderen schlecht behandelt, von Besuchern, die an die Glaswand trommeln, und Harry, der nur die Reste von Dudleys Eisbecher bekommt.

Beide sind geboren und aufgezogen in einer Umgebung, die nicht ihrer ursprünglichen Herkunft entspricht; die Boa constrictor hat nie Brasilien gesehen und Harry träumt gelegentlich von einem fliegenden Motorrad, dem blendenden Blitz und grünen Licht, als seine Eltern ums Leben kamen. Eigentlich ist er heimatlos, doch manchmal hat er merkwürdigerweise das Gefühl von unbekannten, unsichtbaren Leuten auf der Straße begrüßt zu werden (vgl. I.2).

Das Gefühl der Zurücksetzung, real oder im übertragenen Sinn ein Stiefkind zu sein, bringt den *Familienroman* (vgl. Freud, 1909, 1939) in Gang. Die Phantasie, von unsichtbaren Leuten – vermutlich von Zauberern – begrüßt zu werden, mutet an, als sehnte sich Harry nach seiner glücklichen Kinderzeit zurück, die, wie die nächste Szene zeigt, unwiderruflich beendet ist.

> Als Dudley und sein Schulfreund Piers sehen, dass sich die Schlange bewegt, stürmen sie heran, stoßen Harry zu Boden und pressen ihre Gesichter an die Scheibe. Sie springen erschrocken zurück, denn die Scheibe ist verschwunden, die Schlange schlängelt sich heraus, im Reptilienhaus entsteht Panik. Als die Boa an Harry vorbei glitt, hätte er schwören können, er habe sie leise zischeln hören, »Brasilien, ich komme, tschüß, amigo« (vgl. I.2).

Die Scheibe ist weg, der Aufbruch in ein unbekanntes Land und die Worte des Abschieds wie der Begrüßung »ich komme [...] amigo« zeigen bildhaft, dass Harry in unmittelbaren Kontakt zu seinen Triebkräften gelangt. Niemandem ist im Reptilienhaus etwas passiert, aber alle bis auf Harry reagieren in panischer *Übertreibung*:

> Petunia wurde mit starkem, süßem Tee vom Zoodirektor beruhigt, Dudley behauptete, die Schlange hätte ihm fast das Bein abgebissen, Piers schwor, die Boa hätte ihn fast totgequetscht. Doch am schlimmsten war Piers Aussage, Harry habe mit der Boa gesprochen. Mr. Dursley beherrschte sich gerade so lange, bis Piers aus dem Haus war, und stammelte dem Ersticken nahe, »Geh – Schrank – bleib – kein Essen« (I:36). Er sackt in einen Sessel und greift nach der entspannenden Wirkung eines Cognac (vgl. I.2).

Auf die *Gefahren* und *Wirrnisse* sich *bahnbrechender Aggression* und sich *ankündender unbewusster sexueller Triebkräfte* kann man sehr verschieden reagieren: Die Mutter sollte eigentlich nicht den Zoodirektor wie einen Übervater herbeirufen müssen. Er scheint die wilden Tiere für relativ harmlos zu halten, wenn starker, süßer Tee beruhigend wirken soll. Die Söhne erwarten unbewusst Vergeltung mittels schwerer und tödlicher Verletzungen, denn als zukünftige Männer werden sie die Konkurrenten ihres Vaters. Das Manöver der Schlange, das vielleicht nur in Dudley/Harrys Phantasie existiert, drückt aus, dass sie ihren Käfig verlassen will, ebenso wie die pubertären Triebkräfte bewirken, dass anstelle der kindlichen Liebesobjekte nun neue außerhalb der Familie gesucht werden.

Mit dem Schwinden der gläsernen Trennwand wiederholt sich auf fortgeschrittener Ebene der Augenblick, als das Findelkind Harry von Petunia gefunden wurde. Zu Beginn des zweiten und jetzt zu Beginn des elften Lebensjahres geht es um die Getrenntheit und Trennung von den elterlichen Objekten.

Die plötzlich muntere Schlange repräsentiert nicht nur die erwachende Sexualität, sondern auch die verleugnete giftige und beißende Seite der Eltern, was zu deren hilflosem Agieren, dem Rückzug und der Verweigerung führt. Aber es geht auch um eine Projektion des giftig beißenden eigenen Schlangenanteils in Dudley/Harry (Kainszeichen), wie sie im Verlauf des Romans vor allem in den schweren Kämpfen Harrys mit Voldemort sichtbar wird.

Da die inneren Bedrängungen und äußeren Zwänge zunehmen, sind wiederum *Tagträume* angesagt:

> Als Harry eines Morgens die Post hereinholt, entdeckt er einen an ihn postalisch richtig adressierten Brief, jedoch versehen mit dem Vermerk »im Schrank unter der Treppe«. Als Dudley ihn verrät, als hätte er Angst vor seinen Phantasien, entreißen die Dursleys Harry den Brief und jagen beide Kinder aus der Küche, als seien sie tatsächlich ein und dieselbe Person. Die Eltern sind zutiefst *erschrocken* und *bleich vor Entsetzen.*
>
> Harry ist das alles ein großes Rätsel, aber er kämpft versessen darum, in den Besitz seines bzw. eines dieser Briefe zu gelangen. Da die Post seinen rechtmäßigen Besitzer nicht erreicht, vervielfacht sie sich, flutet von Tag zu Tag zahlreicher ins Haus, bis Mr. Dursley den Befehl zur fluchtartigen Abreise

gibt. Den ganzen Sonntag über fährt er umher, überall, selbst in einem abgelegenen Dorfgasthof trifft Post für Harry ein, so dass Mr. Dursley die ganze Familie auf eine von Sturm und Meer umbrandete winzige Felseninsel evakuiert (vgl. I.3).

Die Post, eine noch unbekannte innere Botschaft, ist abgegangen, weckt bei den beiden Jungen Neugierde, soll aber von den Eltern verleugnet und blockiert werden. Petunia bemüht sich sehr, dass *Ehrgeiz und Erotik* des Heranwachsenden zum eigenen Schutz unter elterlicher Kontrolle bleiben, denn Dudley sieht immer noch wie ein zum Platzen verurteiltes Baby aus.

In der Nacht wacht Harry hungrig auf, er ist lebenshungrig, ihm wird gewahr, dass am morgigen Montag sein elfter Geburtstag ist. Mit Herzklopfen zählt er die letzten Minuten und Sekunden, bis es Mitternacht ist und sein neues Lebensjahr (sein neuer Lebensabschnitt) beginnt. Vielleicht ersehnte Dudley etwas Ähnliches, was ihm jedoch die neununddreißig Geschenke zu seinem Geburtstag nicht verheißen konnten (vgl. I.3).

Das Klopfen kommt auch von außen. Wieder erscheint Hagrid, der Halbriese, er verschafft sich nun zu Harrys elftem Geburtstag Eingang in die kleine Hütte. Durch den Lärm wachen auch die Dursleys auf, und es kommt zu einer grundlegenden Auseinandersetzung zwischen Hagrid und den Dursleys.

Harry stürzt von einer Überraschung in die nächste. Er erfährt jetzt alle Einzelheiten über seine wahre Herkunft, dass seine Eltern berühmte Zauberer waren, nicht bei einem Autounfall ums Leben gekommen sind, sondern von einem schwarzen Magier getötet wurden, doch vor allem, dass er selbst ein *Zauberer* ist (vgl. I.4).

Jetzt bedient sich Harry des *Familienromans:* Unter Bezug auf Ranks Untersuchung »Der Mythus von der Geburt des Helden« (1909) reflektiert Freud (1939) die Tatsache, dass fast alle bedeutenden Kulturvölker über ihre Helden, Könige, Religionsstifter usw. verblüffend ähnliche Sagen und Epen geschaffen haben, insbesondere hinsichtlich ihrer phantastischen Geburts- und Jugendgeschichten. Auch moderne Epen wie Batman, Super- oder Spiderman bedienen sich solcher Muster. Freud schreibt:

> Entweder ist der Held das Kind vornehmer oder armer Eltern. Aufgrund einer Verkündigung droht eine Gefahr, meistens dem Vater, so dass das Kind oft in einem Kästchen ins Wasser ausgesetzt oder zur Tötung bestimmt wird, jedoch meistens gerettet und von niedrigen Leuten großgezogen wird. Herangewachsen findet der Held seine Eltern wieder, rächt sich am Vater und gelangt selbst zu Ruhm und Ansehen.
> Die Quelle solcher Dichtung ist der sogenannte »Familienroman« des Kindes, als Reaktion auf die veränderten Gefühlsbeziehungen des Kindes zu seinen Eltern in der Pubertät und Adoleszenz. Die vornehme wie niedrige Familie sind beide Spiegelungen der eigenen Familie, wie sie dem Kind in den aufeinanderfolgenden Lebenszeiten erscheinen. In der analytischen Deutung sind beide Familien identisch. In der Regel fällt die reale Familie oder in der das Kind aufwächst mit der niedrigen und die erdichtete, die ihn ausgesetzt hat, mit der vornehmen zusammen. (GW XVI: 106ff.)

Diese *Urphantasie* hat die Funktion, Struktur zu stiften. Ihr haftet unübersehbar etwas Grandioses an, denn in psychisch offenen und ungewissen Augenblicken, in denen dem Menschen keine inneren Bilder, Erfahrungen oder Handlungsmuster zur Verfügung stehen – und die Adoleszenz ist erst- und einmalig –, erfinden und suchen sie den *Helden*, wie Zeugnisse der Weltliteratur, beispielsweise die *Odyssee* oder andere Epen, belegen.
Harry nennt sich Potter. Ein Pott als Gefäß kann eine An-

spielung auf Harrys mythische Geburt sein. Er wird zwar ausgesetzt, aber nicht in einem Kästchen zu Wasser gelassen. Er ist sich in seiner Phantasie selbst ausgesetzt. Potter heißt im Englischen aber auch Töpfer und verweist damit auf das kreative Moment des Lebens, denn der Töpfer gestaltet etwas, und wie jede gute Keramik mehrfach gebrannt wird, soll der Held diverse Abenteuer bestehen. Der Roman*held* Harry sucht den Schutz des Halbriesen. Auch Helden haben Angst. Vielleicht glaubt er auch, dass riesige Kräfte vonnöten sind, um sich gegen die Dursleys oder die elterlichen Objekte behaupten zu können:

> Hagrid ist außer sich, als offenbar wird, wie schlecht die Dursleys Harry behandelt haben, vor allem, dass seine Herkunft verschwiegen wurde. Hagrid räumt gründlich auf, so dass Harry mit Freude und Staunen erleben kann, wie klein, ängstlich und lächerlich seine jahrelangen Peiniger in Wirklichkeit sind (vgl. I.4).

Die Ernüchterung und Desillusionierung über die kindlichen Elternobjekte lassen zwar den *Familienroman* aufleben, aber der Adoleszente hat auch deren Verlust zu betrauern und noch keinen Ersatz gefunden, in dem Sinne, dass er die Eltern eines Tages in ihrer eigenen Wirklichkeit anerkennen kann und auch außerfamiliäre Liebesobjekte findet. Insofern ist Hagrid für Harry nicht nur in diesem Augenblick ein hilfreiches Objekt, sondern weiterhin über einige Jahre in Hogwarts.

Auch als er sich von Hagrid zu lösen beginnt, bleiben sie sich herzlich verbunden, ebenso wie die Freunde Ron und Hermine.

> An der Seite Hagrids kann die Post jetzt ankommen, wie immer mit der aktuellen Adresse seiner Befindlichkeit: »Der Fußboden, Hütte-auf-dem Fels, Das Meer« (vgl. I.4).

In dem topographisch wie auch psychisch umtobten, aber von Hagrid geschützten Raum wird laut, was vorher eingesperrt war:

> Die Botschaft lautet, Harry ist an der »Hogwarts-Schule für Hexerei und Zauberei« aufgenommen. Den Briefkopf ziert der Absender: »Schulleiter: Albus Dumbledore (Orden der Merlin, Erster Klasse, Großz., Hexenmst, Ganz hohes Tier, Internationale Vereinigung der Zauberer«).
> Am 1. September beginnt das neue Schuljahr, eine beigefügte Liste informiert über alle benötigten Bücher und Ausrüstung. Bis zum 31. Juli hat sich Harry eine Eule als Botin zu beschaffen. Unterzeichnet ist der Brief von »*Minerva McGonagall*« – »Stellvertretende Schulleiterin«, jener Frau Professor, die als Katze vor fast elf Jahren vor dem Haus der Dursleys zusammen mit Dumbledore auf Harrys Ankunft gewartet hat (vgl. I.4).

Laut geworden ist eine *Größenphantasie*, der Wunsch, *zaubern* zu können. Dazu muss er die Familie mit einem Internat vertauschen. Aber was heißt das? Während die reale Familie ein intimer Ort ist für die Entwicklung und Einübung emotionaler Beziehungen, ist die reale Schule ein Ort für die Anpassung an die Realität außerhalb der Familie.

Hogwarts ist aber keine reale Schule, sondern die Fortsetzung des *Familienromans* in eine fiktive Schulwirklichkeit, die vermutlich viele Leser stärker zu fesseln vermochte als jede reale Schule.

Zunächst ist Hogwarts jedoch vor allem *die zauberhafte Welt des allmächtigen Kindes in der Anpassung und fortschreitenden Durchdringung von Phantasie und Realität unter partiellem Erhalt von Zauberkräften*. Anstelle der Eltern werden zunächst neue Helden gesucht, Stars beispielsweise, auch Harry Potter wird zu einem Star, indem der Leser an dieser Kinderfigur Anteil nimmt und sich im Sinne einer *Projektion* von ihr *faszinieren* lässt. Der zunächst unerwartete große Erfolg des ersten Bandes, *Der Stein der Weisen,* könnte durchaus auf diese elementaren Zusammenhänge zurückzuführen sein.

Verzicht und Gewinn

Auch in dieser Überschrift sind verschiedene Themen zu einem Gesamtbild verdichtet:
1. Der weite Bogen vom ersten bis zum siebten Band beginnt mit der grandiosen Menschheitsphantasie, den *Stein der Weisen* zu besitzen, um hiermit das Elixier für ewiges Leben zu gewinnen, und endet in *The Deathly Hallows* mit der Anerkennung, dass das Leben begrenzt und der Tod unvermeidlich und unumkehrbar ist. Natürlich weiß das jeder Mensch; dies für sich selbst zu akzeptieren, ist jedoch etwas anderes.

Money-Kyrle (1971) führt aufgrund seiner psychoanalytischen Erfahrung aus, dass gereiftes erwachsenes Denken wie auch alle späteren Akte von Erkenntnis positiv oder negativ beeinflusst werden, je nachdem in welcher Weise jene drei grundsätzlichen Lebenstatsachen (*facts of life*) begriffen und verinnerlicht sind, mit denen alle Menschen mehr oder weniger ihre Schwierigkeiten haben: die Beziehung zur frühen Mutter (die »Brust«) als bedeutsamstes gutes Objekt anzuerkennen, den elterlichen Geschlechtsakt als höchst bedeutsamen kreativen Akt zu begreifen *und schließlich die zeitliche Begrenzung des Lebens und die Endgültigkeit des Todes anzunehmen.*

Letzteres ist nicht identisch mit der Angst vor dem Sterben und dem Tod. Aber Erfahrungen, die mit den zwei zuerst genannten Tatsachen (gutes Objekt und Generativität) verbunden sind, vermitteln sowohl ein Wissen um die Begrenzung des Lebens, bedeuten *Verzicht* und bereiten den Weg zu ihrer Anerkennung.

2. Je stabiler das gute Objekt verinnerlicht ist, um so leichter kann der elterliche Geschlechtsakt als höchstes kreatives Gut erkannt werden, was den Wert des eigenen Lebens wie die Tatsache einschließt, dass die eigene erotische Liebeswahl außerhalb der Familie stattfindet. Diese Erkennntis oder Entdeckung führt zu Eifersucht und Rivalität und damit geradewegs in die *ödipale Konfliktwelt*.

Die zeitliche Begrenzung des Lebens und die Endgültigkeit des Todes anzuerkennen sind zwar das besondere Thema zwischen Voldemort und Harry/Dumbledore, jedoch passieren in allen Bänden der Heptalogie zahlreiche abenteuerliche Szenen, die sowohl mit Voldemort wie mit anderen Personen auf Verwicklungen *ödipaler* Natur hinweisen.

In der psychoanalytischen Anthropologie ist der *Ödipuskomplex* im Sinne eines *psychischen Organisators* kulturstiftend und in den unterschiedlichsten Kulturen wiederzufinden und beruht im Kern auf dem Inzestverbot. In ihm *organisiert* sich die Gesamtheit von Liebes- und feindseligen Wünschen des Kindes gegenüber seinen Eltern. Die aus der Ödipussage bekannte Form des Todeswunsches gegenüber dem Rivalen als Person gleichen Geschlechts und sexuellen Wunsches gegenüber der Person des anderen Geschlechts impliziert ebenso die Liebe für den gleichgeschlechtlichen Elternteil wie den Hass für den gegengeschlechtlichen. Obwohl seine Anfänge in der Kindheit liegen, tritt er erst in der Pubertät und Adoleszenz voll in Erscheinung und bedarf seiner Bewältigung, denn er spielt eine grundlegende Rolle in der Strukturierung der Persönlichkeit und in der Ausrichtung der Sexualität. Diese sehr vereinfachte Darstellung ist ein Grundmuster und wird der Komplexität seiner Erscheinungsformen kaum gerecht (vgl. Laplanche/Pontalis, 1967).

Die *Komplexität der ödipalen Problematik* wird somit auch zum Thema des gesamten Romans:

- In seiner besonderen Verschärfung ist die *ödipale Rivalität* zwischen Harry und Severus Snape im *Halbblutprinzen* zu erleben, aber auch zwischen Percy Weasley und Mr. Weasly oder zwischen Barty Crouch und dessen Vater.
- Das Pendant auf der mütterlichen Ebene ist Mrs. Weasley, bis sie die Veela Fleur Delacour als Frau ihres Sohnes Bill wertschätzend anerkennen kann.
- Der Quidditch-Wettkampf zwischen den rivaliserenden vier Häusern in Hogwarts ist ein Terrain für Kampfgeist, Können und rivalisierende Selbstbehauptung, aber auch ein Ventil für Hass und Aggression.
- Die Verliebtheiten, das zögernde Tasten und Suchen, Enttäuschungen und die Eifersucht der jungen Zauberer verbildlichen ihre ersten Schritte in das Neuland der erwachsenen Erotik, Sexualität und Liebe.

3. In der ödipalen Problematik verdichten sich *Verzicht und Gewinn.* Was verliert der Jugendliche? Projektionen und Idealisierungen werden zurückgenommen, das Magische wird integriert und dem Primat des ödipalen Konflikts untergeordnet: von diesen und keinen anderen Eltern abzustammen (Aufgeben des *Familienromans*) und diese spezielle Biographie mit der Wahl seines Liebespartners zu haben. Im Epilog bemerkt Harry, dass sein Kainszeichen,

die Narbe, seit neunzehn Jahren nicht mehr geschmerzt hat. Der Roman schließt mit der banalen Feststellung »[a]ll was well«, d. h. der einstige Held ist menschlich geworden, ebenso wie aus den griechischen Göttern und Helden Menschen wurden.

Nach diesem konzeptionellen Überblick folgt nun wiederum die kommentierte Begegnung mit dem Text, in der Reihenfolge der sieben Bände, eingegrenzt jeweils auf Harrys Konfrontation mit Voldemort.

Der Stein der Weisen

Er ist zunächst ein Produkt von Alchemisten, das laut Paracelsus in sieben Stufen gewonnen wird, sowohl um edle Metalle in Gold zu verwandeln, wie auch um das Elixier des Lebens zu entdecken. Diese allgemeine Menschheitsphantasie über den ewigen Erhalt des Lebens findet u. a. Ausdruck in dem Gemälde *Der Jungbrunnen* (1546) von Lucas Cranach d. Ä.

Die *Sieben* ist eine mögliche Analogie zu den sieben Schuljahren oder sieben Romanen dieses Zyklus (Brockhaus Enzyklopädie; Schneidewind, 2000).

Der *Stein* kann sowohl als Metapher für das *Wissen* der Menschheit interpretiert werden, das seine grandiose Entsprechung in der Suche nach der Weltformel hat, als auch in der *faustischen Frage* nach dem innersten Zusammenhalt der Welt und darüber hinaus in der Verdichtung vieler Grundwahrheiten: die Krisen um Geburt, Verlust und Trennung, erstes Begehren in der ödipalen Situation, das Erwachen der biologischen Triebdynamik, Schuld und Verantwortung, die Gefahren der Pubertät, Leben und Tod.

Harry fühlt, wie der *Stein* in seine Tasche gleitet. Es wäre eine grandiose Phantasie, all dies in die Hand zu bekommen, ohne Angst vor innerer und äußerer Bedrohung oder Scheitern.

> Mit Hilfe des Spiegels Nerhegeb, der vorübergehend Tagträumereien erfüllt, sieht und fühlt sich Harry plötzlich im Besitz des *Steins der Weisen*. Als er versucht zu fliehen, stürzt sich Quirrel/Voldemort auf ihn, und Voldemort befiehlt Quirrel, dass er Harry töte, aber jede Berührung übersät ihn mit Brandblasen, so dass er von Harry ablassen muss. Darüber fällt Harry in tiefe Bewusstlosigheit. Im letzten Augenblick kommt ihm Dumbledore zu Hilfe (vgl. I.17).

Als Harry im Spiegel Nerhegeb den *Stein der Weisen* entdeckt, wird Harry zwar ebenfalls von der Phantasie nach Unsterblichkeit berührt, aber er jagt ihr nur insofern nach, als dass der *Stein* nicht in die Hände Voldemorts gelangen soll. Zuvor hatte Harry während der Weihnachtsferien in demselben Spiegel zuerst seine Mutter, dann seine Eltern und viele andere Personen entdeckt, die ihm fröhlich zuwinkten. In seinen Tagträumen war die unbewusste Erinnerung an sein gutes Objekt lebendig.

Die Anerkennung der frühen mütterlichen Beziehung (»Brust«) als bedeutsamstes gutes Objekt schließt ein, dass der Mensch sie nicht für immer hat. Ihre Abwesenheit, die Begrenzung des Bedeutsamen, bewirkt sowohl die Fähigkeit, sich an das Gute zu erinnern wie auch die Trauer um den Verlust (vgl. Money-Kyrle, 1971). Dies ist der Beginn, um eines Tages auch die Begrenzung des Lebens zu akzeptieren.

> In einem klärenden und abschließenden Gespräch mit Dumbledore erfährt Harry, dass ihn die einmal erfahrene Liebe seiner Mutter wie eine schützende Haut umgibt. Etwas, was Voldemort überhaupt nicht verstehe, sei *Liebe.* Harry konnte den *Stein der Weisen* finden, weil er ihn im Gegensatz zu Voldemort nicht besitzen wollte (vgl. I.17).

Zwischen der Suche, dem Finden und dem Besitz *des Steins* hinsichtlich der Phantasie ewigen Lebens liegen graduelle Bedeutungsunterschiede, die im nächsten Band, in der *Kammer des Schreckens,* von Neuem und vertiefend thematisiert werden, als sich Harry und Tom Riddle gegenüberstehen.

Das Bild von den Brandblasen zeigt, dass Voldemort im Gegensatz zu Harry nie von lebendigen, liebevollen Beziehungen berührt worden ist, weshalb einerseits der Kontakt mit Harry qualvoll schmerzlich ist, aber auch zeigt, wie in diesem Augenblick sein Hautpanzer aufbricht.

> Der *Stein* ist gerettet. Die Flamels beschließen, den *Stein der Weisen* zu vernichten, und sind aus eigener Einsicht bereit zu sterben (vgl. I.17).

Das steinalte Ehepaar demonstriert: Wenn man wirklich gelebt hat (wofür die hohe Lebensdauer eine Metapher ist), kann die Endlichkeit des Lebens akzeptiert werden. Es zeigt auch, dass das Wissen um die Begrenzung des Lebens etwas anderes ist, als sich in innerer Haltung darauf einzustellen. Dumbledore wollte ebenfalls als junger Mann das Leben mit Zauberei beherrschen, aber eher aus einer intellektuellen Lust heraus, weil er überragend begabt war. Die Folgen seines Ehrgeizes haben den Tod seiner Schwester mitbewirkt. Seine Erfahrung von Trauer und Schuld, die Erschütterung über den gewissenlosen, wenn auch genialen Grindelwald, haben den Dumbledore von damals verändert.

Voldemort zeigt keine psychische Entwicklung und wird deshalb bis zu seinem letzten Atemzug nicht auf seine Größenphantasie verzichten können, die Welt mit schwarzer Magie seiner Macht unterwerfen zu wollen: In der *Kammer des Schreckens* schleudert Harry Voldemort auf dessen Frage entgegen, was ihn bei seinem tödlichen Anschlag gerettet habe, es sei die *Liebe* seiner muggelblütigen Mutter gewesen. Für Voldemort hingegen hatte sich das innere Bild seiner Mutter Merope durch ihre Abwesenheit, da sie kurz nach seiner Geburt gestorben war und auch sonst niemand die Erinnerung an sie als ein gutes Objekt lebendig halten konnte, in ein schlechtes, nahezu tödliches Bild verwandelt.

In solchen Augenblicken, beschreibt Money-Kyrle (1971), passiere unbewusst etwas anderes: Das zerstörte gute Objekt werde ersetzt durch eine noch frühere Erinnerung, die scheinbar nie gänzlich verloren geht, die Erinnerung an ein intrauterines Leben. Das Ergebnis ist äußerst verwirrend und kompliziert. Zum einen ist eine solche Person in Berührung mit einem Substitut des guten Objekts und zum anderen mit ihm innerhalb des Uterus regressiv verschmolzen. In dieser Projektion gibt es auch kein gutes Bild für den Vater, er stört den intrauterinen Raum mit der Mutter und muss gehasst werden. Tom Riddle senior ist muggelblütig, und Voldemorts verfolgender Hass auf alle nicht reinblütigen Zauberer könnte unter diesem Aspekt eine Erklärung finden.

In einer solchen Phantasie ist kein Raum für Erinnerung und Trauer um Getrenntheit und Verlust. Das *innere allmächtige Kind* wird nicht von der Realität durchdrungen. Voldemort bleibt ein allmächtiger Einzelgänger, der niemanden braucht. Die Zuneigung zum Gegenüber setzt seine Getrenntheit und die Fähigkeit zu trauern voraus. Insofern sagt Dumbledore wiederholte Male, dass Voldemort nie begreifen werde, dass es Schlimmeres gebe als den Tod. Voldemort kann es nicht verstehen, weshalb er Dumbledores Sprechen von *Liebe* als der aller Magie überlegenen Macht als Gefasel abtut: Liebe ist für Voldemort identisch mit tödlicher Angst vor Abhängigkeit. So kann es für Voldemort auch keine Sterblichkeit geben, ewiges Leben und ewiger Tod sind wie Liebe und Hass ungetrennt miteinander identifiziert.

In Hogwarts (1992) steht die erneute Öffnung einer Kammer des Schreckens (Chamber of Secrets) im Mittelpunkt

Sie ist, wie der englische Titel besagt, voller Geheimnisse. In der deutschen Übersetzung, der *Kammer des Schreckens*, kommt die dem Leser bereits bekannte Reaktion zum Ausdruck, wenn Geheimnisse zutage treten. Doch zuvor verbringt Harry seien Sommerferien bei den Dursleys. Sein Status hat sich – verglichen zum Vorjahr – etwas verbessert. Er wohnt nicht mehr unter der Treppe, sondern hat ein eigenes Zimmer. Auch sein psychischer Spielraum hat sich erweitert, denn dieses Mal phantasiert er keinen hilfreichen Halbriesen herbei, sondern sehnt sich vor allem nach seinen gleichaltrigen Freunden.

In die *Geheimnisse* und *Schrecken* eines jeden Schuljahres sind jeweils die Lehrer zur Verteidigung gegen die dunklen Künste mitverwickelt. In diesem Jahr ist es kein ehemaliger Anhänger von Voldemort, sondern Gilderoy Lockhart. Er demonstriert keine grandiose Menschheitsphantasie, stattdessen vermittelt er ein grandioses Bild von sich selbst. Er ist aufgeblasen, eitel, seines Amtes unfähig, ist in sich selbst verliebt und täuscht die wissenschaftliche Welt mit Plagiaten. Da er ein relativ junger und gut aussehender Lehrer ist, brauchen die zunächst verliebten Mädchen etwas länger als die Jungen, um ihn zu durchschauen. Selbst die nüchtern denkende Hermine malt anfangs rosa Herzen zu seinem Namen in den Stundenplan. Aber Lockhart nimmt ein traurig-lächerliches Ende, denn bei einem Zaubererunfall verliert er den Verstand und träumt für den Rest seines Lebens in St.Mungo's von seiner alles blendenden Vortrefflichkeit.

Wegen seiner verbotenen Autofahrt nach Hogwarts muss Harry bei ihm nachsitzen und bis spät in den Abend Lockharts Fanpost beantworten. Nicht nur diese Arbeiten sind ihm *verhasst*, auch Lockhart selbst, denn in seiner Selbstüberschätzung hatte er Harrys gebrochenen Arm zur Auflösung gebracht, der nur in einer qualvollen Prozedur wiederhergestellt werden konnte.

In Harry kommen erstmalig Gefühle in Bewegung, die ihn bis ins Mark erschüttern müssen, denn er vernimmt als innere Stimme *blutrünstige Worte*, die wenig später, allerdings nicht als seine konkrete Stimme, laut durchs Schloss hallen. Es ist die Stimme aus der *Kammer des Schreckens,* wobei es zunächst zu unerklärlichen Versteinerungen von Mitschülern und der Katze des Hausmeisters kommt. Harry ist bislang unter seinen Mitschülern aufgrund seines Überlebens ein *Held*, jetzt jedoch gerät er in Verdacht, der Erbe Slytherins und damit für die Versteinerungen verantwortlich zu sein, weil er in einem Übungsduell Parsel gesprochen hat.

Sein *heldisches Selbstbild* stürzt ab, plötzlich ist er isoliert, er zweifelt an sich selbst, obwohl seine Freunde Ron und Hermine zu ihm halten. Aus seiner Niedergeschlagenheit kann er sich erst befreien, als Hermine versteinert aufgefunden wird, denn niemand traut ihm zu, dass er seiner Freundin so etwas antäte.

Inzwischen hatte er den Taschenkalender von Tom Riddle gefunden, worin dieser einen Splitter seiner Seele, sechzehn Jahre seines *Selbst,* aufbewahrt hielt. Dies war sein erster Horkrux. Als Harry in dem kleinen Buch blättert, ist ihm dieser Junge nicht fremd. Er blickt also in seine eigene Seele. Zutiefst *erschrocken* ist Harry dann auch, als ihm der konkrete Tom Riddle im Kellerverlies als sein *Todfeind* begegnet.

Tom Riddle prahlt, dass er derjenige war, der vor fünfzig Jahren (1942) die *Kammer des Schreckens* geöffnet hat. Damals und bis heute blieb der Tod eines Mädchens unaufgeklärt. Da Ginny halbtot zu Füßen einer Marmorstatue liegt, sieht das Geschehen teils nach einer Wiederholungstat aus, teils ist es ein Bild für etwas Schreckliches, was besser geheim bleibt. Es könnte auch ein Bild dafür sein, dass Harry sich mit seiner *Grandiosität als Held* auseinandersetzen muss, wozu er in der folgenden *Kammerszene* Gelegenheit bekommt.

Tom Riddle fühlt sich inzwischen als mächtigster Zauberer. Harry widerspricht und beruft sich auf sein gutes Ersatzobjekt: Dumbledore habe ihm schon damals misstraut. Die Angriffe auf sein *Selbst* beginnen jedoch erst und steigern sich: Zunächst will Tom Riddle wissen, was ihn gerettet hat. Harry schleudert ihm voll *Wut* entgegen, dass ihn die Liebe seiner muggelblütigen Mutter gerettet habe. Das versetzt Tom Riddle erst recht in Wut, denn seine reinblütige Mutter Merope Gaunt-Riddle ist kurz nach seiner Geburt gestorben und hatte sich – wie ausgeführt – längst in ein schlechtes Objekt verwandelt. Da Tom Riddle anfangs Harry vertraut erschien, könnten Harry möglicherweise auch Zweifel an der schützenden Liebe seiner Mutter überkommen haben.

Der innere Dämon ist noch nicht in Schach gehalten, denn es kommt zum Angriff und tödlich wirksamen Biss des Basilisken. Erst im letzten Augenblick sind das Schwert des Gryffindor – eingewickelt im Sprechenden Hut – und die heilenden Tränen des Phönix zur Stelle.

Nur die *Trauer um das verlorene Objekt* kann Heilung bewirken, ebenso wie die Tränen des Phönix das Gift des Basilisken unschädlich machen. Harry kann den Giftzahn abschlagen, durchstößt damit den Taschenkalender, woraufhin Tom Riddle mit einem gellenden Schrei verschwindet und der Taschenkalender in Flammen aufgeht.

Das innere Inferno ist vorbei. Dennoch wird Harry in dem anschließenden Gespräch mit Dumbledore erneut vom Donnerschlag getroffen, denn dieser vermutet, dass Voldemort bei seinem Anschlag unbeabsichtigt einige seiner eigenen Kräfte auf Harry übertragen hat. Harry ist also auserwählt im guten wie im bösen Sinne. Es ist ein Bild für seine Menschwerdung, indem die idealisierende Ordnung in Gut und Böse aufgehoben ist. Harry beherrscht zwar wie Voldemort die seltene Gabe der Schlangensprache, ist entschlossen und findig in seiner Neigung, Regeln zu missachten, dennoch ist er kein Slytherin bzw. nur böse, angeblich, weil er es nicht sein will:

> »*Genau*«, sagte Dumbledore [...] »und das heißt, du bist *ganz anders* als Tom Riddle, Harry. Viel mehr als unsere Fähigkeiten sind es unsere Entscheidungen [choices], Harry, die zeigen, wer wir wirklich sind.« (II: 343)

Diese Begründung ist schwach, als kämen reife Entscheidungen willentlich zustande. Harry fragt sich seit der Aufnahmeszene unter dem Sprechenden Hut wiederholt und voller Furcht, ob er etwa ein Slytherin sei. Er kämpft gegen die schmeichelnde und verführende Slytherin-Stimme und will nach Gryffindor. Wieder deutet sich das Faust-Thema an: »*zwei Seelen wohnen, ach, in meiner Brust*«. Der Sprechende Hut hält Alternativen offen, dieses Mal offeriert er das Schwert, damit sich der Held verteidigen kann, ein Ausdruck progressiv phallischer Entwicklung.

Der Gefangene von Askaban wird zum Thema des dritten Jahres in Hogwarts

Während Harry im ersten Band den Halbriesen Hagrid an seiner Seite benötigte, um auch nur seinen Phantasien Raum zu geben, ist er jetzt in der Lage, seinen *Zorn* in Worte zu fassen und sich gegen die Gemeinheiten seiner Tante zu behaupten, wenn auch mit unerlaubter Zauberei, denn außerhalb Hogwarts ist dies den Schülern verboten.

Dennoch verlässt er unter *Protest*, vor allem *gegen Mr. Dursley*, zum ersten Mal das Haus ohne weitere magische Unterstützung. Die Folgen dieses Protestes lassen ihn mitten in der Nacht allein auf der Straße stehen, wobei ihm *unheimlich* zumute wird, denn er fühlt sich von etwas Finsterem beobachtet. Sicherlich hat ihn sein eigener *Zorn* gegen eine reale Vaterfigur *erschreckt*, vor dem er am liebsten entkommen möchte, indem er daran denkt, nach London zu fahren. Den Leser wird es nicht verwundern, dass auf dem Höhepunkt seiner Beunruhigung nun doch prompt ein magischer Reisebus zur Stelle ist.

Zur gleichen Zeit war eine andere Person ebenfalls von einem Ort geflohen. Sirius Black, ursprünglich Harrys Pate, hatte Askaban verlassen, um zu beweisen, dass er nicht der Verräter seiner Eltern ist.

Vermutlich hat sich Harry längst selbst Fragen über seine Eltern gestellt, denn er weiß kaum etwas aus deren Vergangenheit. Dies übernimmt jetzt stellvertretend Sirius Black. Bislang sind Harrys Eltern für ihn die großen Zauberer, wie es in der Kindheit Eltern zu sein pflegen. Bei den Dursleys ist es bereits zu Ernüchterungen und Zusammenstößen gekommen, und es fragt sich, wie es nun in Hogwarts weitergehen wird.

Dort sollen Dementoren das Schulgelände bewachen,

um Harry vor dem vermeintlichen Verbrecher Sirius Black zu schützen, jedoch sie selbst sind für Harry die größere Gefahr, indem er durch ihre bloße Gegenwart handlungsunfähig, ohnmächtig und sterbenselend zusammenbricht.

Wieder ist es ein Lehrer zur Verteidigung gegen die dunklen Künste, der in dieser Affektlage eine Rolle spielt. Von Lupin, der als Animagus, als zeitweiliger Wolf, mit eigenen destruktiven Affekten besonders erfahren ist, lernt Harry, wie er sich seiner Angst und der überwältigenden Affekte, der Dementoren, erwehren kann. Sie werden vor allem durch gute Erinnerungsbilder abgewehrt. Zuletzt erschafft sich Harry einen Patronus in Gestalt eines Geweih tragenden Hirsches. Dies war der Patronus seines Vaters. Aber auch die vertrauensvolle Beziehung zwischen Harry und Lupin ermöglicht einen solchen Fortschritt. Diese Erfahrungen werden in der Heulenden Hütte zur Bewährung ausgesetzt:

> Dort kommt es zur entscheidenden Begegnung zwischen Pettigrew, Lupin, Black und Snape; auch Ron und Hermine sind zugegen, so dass sich zwei Generationen von Schülern begegnen.
> Die Rivalität der alten flammt noch einmal auf, wobei plötzlich klar wird, dass nicht Sirius, sondern Pettigrew der Verräter ist. Bisher waren Harrys ganze Wut und Rachegefühle auf Sirius gerichtet, aber als Lupin und Black nun Pettigrew für seinen Verrat töten wollen, lässt Harry das nicht zu, weil er sich nicht vorstellen kann, dass sein Vater es guthieße, wenn die einstigen Freunde seinetwegen zu Mördern werden. Stattdessen soll Pettigrew den Dementoren überantwortet werden (vgl. III.19).

Es ist die Frage, ob Harry sich hier mit seinem Vater in idealisierender Weise identifiziert oder ob er aufgrund neuer positiver Erfahrungen mit Lupin in sich den Wunsch nach

Wiedergutmachung verspürt. Sicherlich muss das nicht entschieden werden, sondern zu betonen ist der Kontrast zu Voldemort, der solcher Gefühle unfähig ist, zumal die Dementoren seine eigenen Gefolgsleute sind, also Abkömmlinge seiner Destruktivität. Mit diesen hat sich Harry auseinanderzusetzen.

Damit ist die Geschichte noch keineswegs zu einem guten Ende gekommen, sondern J. K. Rowling baut weitere Zwischenfälle ein, die zeigen, wie trotz dieser Klärung auch weiterhin die Vergangenheit auf die Zukunft Einfluss nimmt.

> Da Pettigrew entkommt, ist Sirius weiterhin ein Verbrecher, der gejagt werden muss und zunächst auch gefangen wird. Mittels Zauberei, dem Einsatz eines Zeitumkehrers, werden jetzt weitere Wiedergutmachungen inszeniert: Der Hippogreif Seidenschnabel bleibt am Leben, durch ihn wird Sirius zwar die Flucht ermöglicht, jedoch muss Harry auf den Traum verzichten, in Zukunft mit seinem Paten Sirius zusammenzuleben, um nicht mehr zu den Dursleys zurückkehren zu müssen (vgl. III.21).

Wiederum zum Ende des Buches antwortet Dumbledore auf Harrys Fragen.

> Als sich auf dem Rückweg aus der Heulenden Hütte Lupin plötzlich in einen Wolf verwandelt, weil sich die Wolkendecke teilte und der Vollmond zum Vorschein kam, nähern sich Harry und Hermine Dementoren. Im letzten Augenblick sieht Harry, wie ihm sein Patronus zuwinkt. Harry möchte wissen, ob es sein Vater gewesen sei.
> Dumbledore antwortet, dass die Toten, die wir geliebt haben, den Menschen nie ganz verlassen, vor allem nicht, wenn wir an sie denken. Und in der vergangenen Nacht sei Harrys Vater wieder in sein Leben getreten. »[...] du hast ihn in dir selbst gefunden« (vgl. III.22).

Harry tritt also in einen positiven Dialog mit seinem inneren Bild vom Vater, was Voldemort nicht möglich ist (vgl. die Friedhofsszene im folgenden Band).

> Harry ist besorgt, dass er, weil er Pettigrew geschont hat, unbeabsichtigt Voldemort gestärkt haben könnte. Diese Zweifel räumt Dumbledore mit dem Hinweis aus, dass Harry doch an dem Zeitumkehrer und der neuesten Entwicklung in der Heulenden Hütte erkannt haben müsse, wie verwickelt und undurchschaubar für die Zukunft menschliche Handlungen seien. Eher vermute er, dass Voldemort einen Knecht wie Pettigrew, der in Harrys Schuld stehe, nicht wird haben wollen (vgl. III.2).

Diese Weitsicht erfüllt sich in den *Deathly Hallows*.

Der Feuerkelch

In den Sommerferien übt sich Harry bei den Dursleys in Abgrenzung und Autonomie. Angeblich aus Respekt vor der Magie und seines vermeintlich gefährlichen Paten Sirius Black werden dieses Mal Harrys Schulsachen nicht in dem Schrank unter der Treppe weggeschlossen, und es entstehen auch keine Notsituationen, in denen er zaubern muss, um sich zu verteidigen. Eher ist zu vermuten, dass Harry innerlich im Dialog mit guten Bildern (Patronus und Sirius Black) auch die realen, nach außen gerichteten Dialoge besser gestalten kann.

Er denkt viel an Sirius Black und seine Freunde, deren Geburtstagsgrüße und -geschenke ihn dieses Mal erreicht haben. Unter einer Bohle des Fußbodens versteckt er den Geburtstagskuchen. Dieser Vorrat freut ihn besonders, weil er somit die magere Diät der Dursleys besser überstehen kann.

Harry/Dudley legen sich beide süße Vorräte zu, weil

sie sowohl real wie emotional zu wenig Nahrung bekommen. Real, weil Dudley auf Anraten der Schule auf Diät gesetzt worden ist, woran sich zwar die ganze Familie beteiligt, aber nur, um seine *Wutausbrüche* bändigen zu können. Emotional, weil es Dudley erstmalig in seiner Familie wirklich schlecht geht. Jahrelang musste er sich von seinen Eltern füttern lassen, nun wird er auf Geheiß der Schule in diesem kalten Entzug völlig alleingelassen. Sein einziger Triumph ist, dass Harry noch weniger zu essen bekommt als er selbst und Harry nach wie vor den Dursleys zutiefst verhasst ist. Da sie ihn aufgrund seiner »Abartigkeit« (IV: 39) genauso wie die tyrannische Wut ihres Sohnes Dudley fürchten, Harry aber im Gebrauch seiner Phantasie Dudley überlegen ist, erlebt Harry erstmalig so etwas wie Glücksgefühle in dieser Familie, die es ihm sogar schwer machen, trotz schwerer Träume Gedanken an Voldemort zuzulassen.

Außerdem schafft er es, dass Mr. Dursley sowohl seinem Besuch der Quidditch-Weltmeisterschaft zustimmt, als auch dass er von den Weasleys abgeholt wird und die verbleibenden vierzehn Tage bis zum Schulbeginn bei ihnen verbringen darf.

Im Verlauf des vierten Schuljahres kommt es dennoch wieder zu einer intensiven Konfrontation mit Voldemort. Sie wird verdeckt vorbereitet durch den diesjährigen – jedoch falschen – Lehrer zur Verteidigung gegen die dunklen Künste: Barty Crouch. Er bezeichnet sich selbst als den treuesten Anhänger Voldemorts und nimmt die Gestalt des Auroren Mad Eye Moody an, während dieser eingesperrt in einer eisernen Truhe aus dem Verkehr gezogen ist.

Unterrichtet werden die drei Unverzeihlichen Flüche: Imperius, Cruciatus und Avada Kedavra. Sie sind unverzeihlich, und ihretwegen kommt man nach Askaban, weil es keinen Gegenzauber gibt. Sie sind unwiderruflich wie der Tod, und nur mit Wachsamkeit, mit einem mentalen Widerstand, kann man sich vor dem Imperius und Cruciatus schützen, der dritte Fluch bewirkt auf der Stelle den Tod.

Der falsche Mad Eye Moody erschleicht sich Harrys Zutrauen, indem er immer zur Stelle ist, wenn Harry in schwierige Situationen gerät. Er sorgt auch dafür, dass Harry als zweiter Champion für Hogwarts zusammen mit Cedric am Trimagischen Turnier teilnimmt, um ihn auf diese Weise direkt Voldemort zuführen zu können.

Seine Teilnahme ist für jeden der Anwesenden überraschend und isoliert Harry von seinen Mitschülern, aber insbesondere von seinem Freund Ron, der erwartet hatte, zumindest in Harrys geheime Pläne eingeweiht zu werden. Doch während der ersten Turnieraufgabe, als sich Harry den Angriffen eines Drachens erwehren muss, übermannt die Angst um das Leben des Freundes jeglichen Hader. Danach wird Harry ebenso wie die anderen Champions tatkräftig von den Mitschüler unterstützt.

In der Endphase kämpft Harry zusammen mit Cedric um den Pokal für Hogwarts. Als sie beide im gleichen Augenblick den Pokal entdecken, ist ihnen klar, dass jeder von ihnen auf die Loyalität des anderen angewiesen war, und beschließen deshalb, gemeinsam den Pokal zu ergreifen. In diesem Augenblick wird aus dem Pokal ein Portschlüssel, der sie an einen anderen Ort, auf einen Friedhof, katapultiert. Harry wird an das Grabmal Tom Riddles senior gefesselt. Cedric liegt in einiger Entfernung tot am Boden.

Es ist etwas rätselhaft, warum Cedric in diesem Augenblick sterben muss. Falls es darum geht, dass sich Harry ohne fremde Hilfe Voldemort stellen soll, hätte es gereicht,

Cedric ebenfalls zu fesseln. Es könnte aber auch um ein Gegenbild gehen, wodurch zum einen demonstriert wird, dass Cedrics Tod im Gegensatz zu Voldemorts eigenem Bemühen unumkehrbar ist, und zum anderen, dass es jetzt nicht mehr um ein Turnierspiel, sondern real um Leben und Tod geht.

> Voldemort gelangt jetzt wieder zu einem eigenen Körper. Zuerst wirft Wurmschwanz (Pettigrew) ein schauerlich aussehendes menschenähnliches wie auch einem Menschen unähnliches Wesen auf den Grund eines brodelnden Wasserkessels. Dann öffnet sich das Grab zu Harrys Füßen und ein Knochen von Voldemorts Vater wird ebenfalls in die Brühe geworfen. Dann muss Pettigrew seine Hand opfern, zuletzt werden einige Tropfen Blutes aus Harrys Arm hinzugefügt. Im Laufe der Zeremonie, als alles verkocht, verdampft und neblig wird, steigt das dürre Skelett eines Mannes aus dem Kessel, und Voldemort verlangt nach seinem Umhang (vgl. IV. 32).

Eigentlich ist die Grausamkeit dermaßen überzeichnet und grotesk, dass sich der Leser vom Schauder und dem widerlichen Ekel dieser Zeremonie müsste distanzieren können, wenn er es denn will. Aber vielleicht genießt er auch den Schauder, denn er weiß, dass alles ist Fiktion und mit ihm scheinbar nichts zu tun hat. Kurz darauf erscheinen die anderen Todesser, und Voldemort verlangt Rechenschaft über die vergangenen vierzehn Jahre, in denen er unsichtbar war. Die Schlange Nagini zieht unbeirrt ihre Kreise durch das Gras, als markierte sie magische Kreise, denen nicht zu entfliehen ist.

Zuerst demonstriert Voldemort seine wiedergewonnene Kraft und Macht, indem er jetzt Harry mit dem Finger berühren kann, ohne selbst – wie im *Stein der Weisen* – von Brandblasen übersät zu werden. Diese vermeintliche Überlegenheit trägt jedoch im siebten Band zu seinem Untergang bei. Harrys Blut verleiht Voldemort etwas Menschliches, so dass er dessen Nähe zwar ertragen kann, aber dafür verletzbar wird.

Er lässt Harry einige schmerzhafte Zauberflüche fühlen, seine Fesseln lösen und fordert ihn schließlich zum Duell. Es ist verwunderlich, dass Voldemort nicht auf der Stelle den Avada Kedavra anwendet, denn es geht ihm doch darum, seine einstige Niederlage auszugleichen. Vielleicht ist er, ebenso wie in *der Kammer des Schreckens,* überheblich und von sich überzeugt, es sich leisten zu können, erst einmal wie eine Katze mit der Maus zu spielen. In seinem überheblichen und hasserfüllten Sadismus möchte er erleben, wie Harry um Gnade fleht.

Dieses Duell ist im übertragenen Sinne ein *ödipaler Kampf,* in dem es zu einem integrierenden Kampf zwischen einem destruktiven und einem libidinös besetzten Vaterbild kommt. Denn als beide die Zauberstäbe aufeinander richten und ihre Flüche sprechen, passiert etwas Eigenartiges. Plötzlich sind die Spitzen beider Zauberstäbe durch ein gleißendes Band miteinander verbunden, auf dem Perlen hin und her wandern, je nachdem, wer von beiden mental der Stärkere ist. Als Harry dies begreift, konzentriert er sich aufs Äußerste, denn sobald eine Perle die Spitze von Voldemorts Zauberstab erreicht, erscheinen in umgekehrter Reihenfolge die »Schatten« (IV: 696) der Menschen, die Voldemort gemordet hat.

Zuerst ist es Cedric, der Harry mahnt, auszuhalten. Zuletzt erscheinen Harrys Eltern als innere Bilder. Sein Vater hilft ihm, im rechten Moment die Verbindung zu Voldemort zu lösen, damit er auf seiner Flucht auch Cedrics Leiche mit nach Hogwarts zurücknehmen kann. Als es soweit ist, nahen die Dementoren. Harry rennt im Zickzack über die Gräber, kann Cedric am Arm packen, ruft den Portschlüssel herbei, und im gleichen Moment ertönt Voldemorts Wutschrei. Harry und Cedric kehren zurück nach Hogwarts, wo sie in großer Aufregung erwartet werden.

Falls diese grausame Szene in ihrer Überzeichnung ernst genommen werden soll, Dumbledores Schlussworte weisen darauf hin, könnte sie auch bedeuten, dass Todesangst und Lebensgefahr leichter ertragen werden, wenn man sich hilfreicher Objekte erinnern kann, wie Harry sie in den vergangenen Schuljahren wiedergefunden hatte:

> »Du hast heute die gleiche Tapferkeit bewiesen wie jene, die im Kampf mit Voldemort auf dem Höhepunkt seiner Macht gestorben sind. Du hast die Last eines erwachsenen Zauberers geschultert und bewiesen, dass du sie tragen kannst – und nun hast du uns auch alles gegeben, was wir zu recht von dir erwarten konnten.« (IV: 730)

In dem Duell mit Voldemort war Harry jeglichen Ängsten ausgesetzt. Vielleicht war es zu ihrer Steigerung erforderlich, dass Voldemort seine grausige leibliche Gestalt erhalten hat. Todesangst ist etwas konkret Reales und keine Phantasie. J. K. Rowling zeichnet sie aber grenzwertig, vielleicht weil sich der Jugendliche vorstellen möchte, was und wie der Tod sein kann. Er malt ihn sich mit den eigenen inneren Schatten und Dämonen aus, vor allem wenn der Tod zu früh in ein Leben eintritt und es beendet. Cedric stirbt erstaunlich schnell und leise, und trotz aller Trauer seiner Eltern, der Lehrer und Mitschüler wird dieses Ende hingenommen. Harry jedoch fühlt sich schuldig.

Der Orden des Phönix

Dumbledore hat den *Orden des Phönix* gegründet, denn jetzt ist die gesamte Welt der Zauberer von Voldemort und seinen Anhängern bedroht. Das Wohn- und Elternhaus von Sirius Black ist der geheime Versammlungsort. Vorläufig weiß Harry nichts davon. Auf ihm lastet die brütende Julihitze, aber noch mehr, dass in diesen Sommerferien jegliche Nachrichten von seinen Freunden ausgeblieben sind.

Dudley spielt vor seinen Eltern das wohlerzogene und brave Söhnchen. In Wirklichkeit haben ein Jahr Diät und ein Boxchampionat im Jugendschwergewicht aus Dudley, genannt Big D, einen gefürchteten Jugendlichen gemacht. Noch immer stellen sich die Dursleys nicht der aggressiven Herausforderung ihres Sohnes. Diesen Part übernimmt Harry, nachdem er im vergangenen Schuljahr Todesängste ertragen hat, kann er auch Mr. Dursley verbal angreifen. Dieser möchte ihn dafür erwürgen.

Auch ist Harry versucht, Dudley und seine Freunde in eine Schlägerei zu verwickeln, in denen er ihnen mit Magie seine Überlegenheit beweisen könnte. Wenig später lässt Harry seinen Frust mit Sticheleien an Dudley aus, er paraphrasiert Big D mit den zärtlichen Namensgebungen seiner Mutter wie Mausebär oder putziger Duddywutz. In Dudley zuckt die Wut, auf Harry einzuschlagen, doch er beherrscht sich. Plötzlich nimmt er die Retourkutsche. Er hat Harry im Schlaf reden gehört und imitiert stimmlich seine Todesangst um Cedric und sich selbst. Harry weiß, es ist die Wahrheit. Nun wiederholt sich zwischen Dudley und Harry die Szene mit Voldemort auf dem Friedhof.

Harry fühlt die Nähe von Dementoren, denn plötzlich wird es eiskalt und stockdunkel. Während Dudley in seiner Angst, weil er nichts mehr sehen kann, Harry mit einem Faustschlag zunächst außer Gefecht setzt, rappelt sich Harry nach kurzer Zeit wieder auf und sieht, was er befürchtet. Zunächst beugen sich über ihn, dann über Dudley je ein Dementor. Vielleicht sind es Harrys Schuldgefühle um Cedric, denen er hilflos ausgeliefert ist, denn Harry ist mit sich seit einigen Wochen ziemlich allein.

Aber erstmalig sind Dudley und Harry in dieselben Gefühle verwickelt. Zwei Alteregos, die sich beginnen anzunähern. In einem Augenblick blindmachender Hassgefühle, als sie aneinander wütend Rache nehmen, sind sie in Gestalt der Dementoren von allen *guten* Geistern verlassen.

Die größere Überraschung ereignet sich jedoch, als Mrs. Dursley zu erkennen gibt, dass sie weiß, was Dementoren sind, und damit

> »schien die große, unsichtbare Mauer durchbrochen zu sein, welche die gnadenlose [relentness (V: 39) – unbarmherzige] nichtmagische Welt des Ligusterwegs und die Welt jenseits von ihr getrennt hatte« (V: 49f.).

Das seit Anbeginn des Romans latente *unheimliche* Gefühl ist nicht mehr abzuwehren. Mrs. Dursley ist der Ohnmacht ebenso nahe wie ihr Sohn. Für Mr. Dursley tun sich Abgründe auf, denn seine Frau weiß mehr über die magische Welt, als sie bisher zugegeben hat, zumal er von *Einbildungskraft* überhaupt nichts hielt. Zwischen Mrs. Dursley und Harry herrscht plötzlich einvernehmliche Verständigung, er hilft ihr, einen an sie adressierten Heuler, einen laut sprechenden Brief, zu öffnen. Eine Stimme mahnt sie: *»Denk an meinen letzten, Petunia«* (V: 53). Mit der Stimme ihres Gewissens setzt Petunia erstmalig gegen ihren Mann durch, dass Harry nach diesem Vorfall mit den Dementoren in ihrem Hause bleiben darf, zumal sie jetzt erfährt, dass Voldemort zurückgekehrt ist.

Über den Sinn dieser Worte gibt das Ende dieses Bandes nur teilweise Aufschluss, denn es war Dumbedores Stimme, die Petunia an ihr Versprechen – für Harry Sorge zu tragen – erinnern sollte. Aus dem Rückblick des siebten

Bandes könnte auch Lily Potter einen Brief an Petunia geschickt haben, in dem sie ihre damalige bedrohliche Situation geschildert hat. Vielleicht hatte Petunia die damalige Nachricht nicht ernst genommen oder könnte sich damals aus Hass und Neid ihrer Schwester verweigert haben. Fühlte sie sich seitdem in tiefer Schuld?

Als Dudley, über den Hergang mit den Dementoren befragt, sagt, er habe Stimmen gehört, weiß Harry, dass diese Stimmen sich auf die schlimmsten Augenblicke in Dudleys Leben beziehen. Was mochte Dudley erfahren haben? Waren es die Stimmen seiner Eltern, die sich über die damaligen Vorfälle aufgeregt und möglicherweise zerstritten hatten? Oder waren es die eigenen inneren Stimmen, die ihn ebenso wie Harry in den Jahren der Ablösung in die Zweifel von Liebe und Hass über die einst schützenden Objekte der Kindheit gestürzt hatten?

Während zu Beginn des Zyklus zwischen Harry und den Dursleys lediglich verhärtete Fronten bestanden, kommt es jetzt aufgrund gemeinsamer Erfahrungen – wenn auch unter heftiger Abwehr – zu Annäherungen. Während sonst Harry der Außenseiter war, ist es jetzt Mr. Dursley, der nach wie vor von allem nichts versteht, außer dass er seinen Sohn außer Gefahr sehen möchte.

Szenenwechsel nach Hogwarts.

In diesem Jahr wird der praktische Unterricht zur Verteidigung gegen die dunklen Künste von der selbsternannten Direktorin Mrs. Umbridge ausgesetzt. Harry soll sich lediglich von Snape in Okklumentik unterrichten lassen, um sich mit einem mentalen Schutzwall gegen destruktiv verfolgende Einflüsse schützen zu können, was gründlich misslingt.

Harry ist auf sich selbst gestellt und wird darüber hinaus von seinen Mitschülern aufgefordert, mit ihnen an einem geheimen Ort die Verteidigung gegen die dunklen Künste zu üben. Nach einigem Zögern gefällt sich Harry in dieser Rolle. Er ist begabt, seinen Mitschülern etwas aus eigener Erfahrung beizubringen. Trotzdem scheitert er an sich selbst, weil seine Neigung zum Heldentum in ihm noch höchst lebendig ist, denn Voldemort will in den Besitz einer Glaskugel gelangen, die im Ministerium für Zauberei lagert und besagt, dass nur er oder Harry überleben können. Unter der Glaskugel liegt ein vergilbtes Schild mit einem rund sechzehn Jahre zurückliegenden Datum. Er übersieht das Fragezeichen, denkt dabei ausschließlich an Harry und lässt außer acht, dass auch Neville Longbottom Ende Juli geboren ist. Diese sogenannte Prophezeiung soll zeigen, dass Bedeutungszuweisungen die Wirkung magischen Denkens haben können, wenn sie nicht an der Realität geprüft werden.

Da nur Harry oder Voldemort in den Besitz der Glaskugel gelangen kann, soll Harry ins Ministerium für Zauberei gelockt werden. Seine *»Vorliebe, den Helden zu spielen«* (V: 962), macht Harry für Voldemorts Einfluss anfällig und verführbar. In Sorge um Sirius Black, den er im Ministerium sucht, gerät er in eine Falle. Denn auch Sirius Black erfährt davon und eilt mit den anderen Mitgliedern des Ordens an den Ort des Geschehens, wo er in einem Duell zu Tode kommt:

> Harry kann nicht begreifen, was passiert ist, doch Lupin versucht ihm zu sagen, dass es zu spät ist: »Du kannst nichts mehr tun, Harry ... nichts ... er ist fort.« (V: 946) In seiner Verzweiflung über Sirius Tod verfolgt Harry Bellatrix Lestrange, um seinen Tod zu rächen. Sie lacht Harry nur aus, weil Zauberflüche aus gerechtem Zorn niemals tödlich sind, dazu müsse er schon wirklich Schmerz zufügen wollen und es genießen.
> Das Debakel findet sein Ende, indem die Glaskugel im

Kampf zerschellt und Dumbledore die Schlacht beendet, indem er Bellatrix Lestrange und Voldemort vorübergehend unschädlich macht, und der Phönix Fawkes den tödlichen Biss von Nagini abwendet. Wieder belehrt er Tom Riddle, dass es Schlimmeres gebe als den Tod und andere Wege, einen Mann zu zerstören. »Deine Unfähigkeit zu begreifen, dass es Dinge gibt, die weit schlimmer sind als der Tod, war schon immer deine größte Schwäche...« (V: 955)
Zurück in Hogwarts besprechen Dumbledore und Harry, wie es möglich war, dass all dies geschehen konnte. Harry kann seine Schuld kaum ertragen. Aus ihm bricht maßloser Zorn hervor. Nicht nur, dass er von Dumbledore keine tröstenden Worte hören will, er beginnt, die Einrichtung zu demolieren. Er will weg, aber er kann den Raum nicht verlassen, erst wenn er alles angehört hat, was ihm Dumbledore zu sagen hat. Zuerst bringt er Harrys Wut und Zorn auf den Punkt, es sei der Schmerz, an dem er innerlich fast verblute. Dass er so leide, beweise nur, dass er immer noch ein Mensch sei. Dann gesteht Dumbledore, dass es »fast gänzlich« (V: 968) seine Schuld sei, dass Sirius gestorben sei. Er habe vermutet, dass man Harry in die Mysteriumsabteilung locken würde; hätte Dumbledore es ihm gesagt, hätte Harry nicht überlistet werden können und Sirius hätte ihm nicht folgen müssen. Harry allerdings hätte keinen Augenblick lang glauben dürfen, dass es für ihn irgendeine Notwendigkeit gegeben hätte, sich dorthin zu begeben.
Er erklärt ihm den Grund und damit auch, weshalb Dumbledore in der letzten Zeit sich so wenig direkt an Harry gewandt hatte. Seit dem Tod seiner Eltern und seitdem es offensichtlich sei, dass Harry Voldemorts Anwesenheit spürt, indem die Narbe schmerzt, bestünde zwischen beiden eine Verbindung. Umgekehrt würde auch Voldemort Dumbledore ausspionieren können, wenn Harry in Dumbledores Fühlen und Denken eingeweiht war. Das musste verhindert werden. Er glaubte, wenn sie engen Kontakt hatten, einen Schatten hinter Harrys Augen zu entdecken. Harry bestätigte diese Möglichkeit,

weil er oft – für ihn rätselhaft – gespürt habe, dass, wenn er in Dumbledores Augen blickte, sich in ihm eine schlafende Schlange zum Angriff emporreckte. Nur durch Dumbledores Distanz zu Harry habe er ihn schützen können (vgl. V.37).

Voldemort/Dumbledore erscheinen jetzt wie die zwei Seiten eines ambivalenten Vaterbildes. Harry war im Laufe des Schuljahres von Dumbledore enttäuscht gewesen, dass der so wenig Zeit für ihn hatte und er nicht zum Vertrauensschüler ernannt worden war, was er sich so sehr gewünscht hatte. Im *Stein der Weisen* und der *Kammer des Schreckens* ging es vornehmlich um die ambivalenten Gefühle gegen die innere Mutter, jetzt wiederholen sich ständig Variationen der Auseinandersetzung mit dem inneren Bild desVaters.

Dumbledore hatte von der Prophezeiung gewusst. Sein Fehler sei gewesen, dass er Harry zu sehr beschützen wollte, statt ihm die Wahrheit zu sagen. Trewlaney habe die Prophezeiung Dumblemore erzählt, als er sie als Lehrerin für Wahrsagung einstellen wollte. Im Eberkopf sind sie belauscht worden. Derjenige habe aber nur die halbe Botschaft gehört:
Sie lautet, dass einer kommen werde, geboren Ende Juli, der Voldemort tötet. Und es könne nur der leben, der den anderen tötet. Es würde jemand sein, dessen Eltern dreimal Voldemorts Angriff abgewehrt haben. Das treffe sowohl auf Harry wie auf Neville zu. Vermutlich weil Harry und Tom halbblütig seien, habe er Harry und nicht Neville zu seinem Gegner erwählt. Deshalb hatte Voldemort ja auch Harrys Eltern angegriffen.
Dumbledore hatte danach die Aufgabe, Harrys Leben zu schützen, was nur möglich war, wenn er an einem Ort lebte, wo das Blut seiner Mutter mit einer anderen Person verbunden war. Es war eben ihre Schwester Petunia. Deshalb müsse Harry einmal im Jahr in das Haus seiner Tante zurückkehren, damit der Schutz wirksam bliebe.

> Dumbledore ist müde, erschöpft, vor allem trauernd, weil ihm Fehler unterlaufen sind. Er erklärt sie damit, dass der Mensch Fehler macht, wenn er liebt und fühlt. Gleichzeitig sei aber das Herz oder dass Menschen lieben können, der Schutz vor dem Bösen oder Nicht-Mensch-Sein.
> Zum Schluss sagt Dumbledore, er schulde Harry eine Erklärung, warum er ihn nicht zum Vertrauensschüler bestimmt habe. »Ich muss zugeben ... ich dachte eher ... dass du schon genug Verantwortung trägst.« »Harry blickte auf und sah, wie eine Träne über Dumbledores Gesicht in den langen silbernen Bart sickerte.« (V: 991)

Gefühle der Enttäuschung werfen Schatten, so dass sich Harry in sich selbst verirrt und dabei nicht nur Sirius Black, sondern auch seine Freunde und andere Mitglieder des Ordens in Gefahr bringt. Harry ist von den Ereignissen so bitter getroffen, dass er wütend und zornig auf Dumbledore einredet. Es ist eine offene und ehrliche Auseinandersetzung ohne Hass, ohne alle Zauberei, in der auch Dumbledore eingesteht, nicht alles richtig gemacht zu haben. Harry wird desillusioniert, denn teilweise schien ihm auch Dumbledore allmächtig zu sein. Er ist nicht mehr der Gott seiner Schülerzeit, sondern zuallererst ein Mensch. Wenn Harry eines Tages den Menschen Dumbledore lieben kann wie einst den Schulleiter, dann wird er erwachsen sein, und an dessen Vorbild wird sich Harry vermutlich auch sein eigenes *heldenhaftes Versagen* eines Tages verzeihen können. Bezeichnend ist ebenfalls, wie in dem ödipalen Kontext die Unwiderruflichkeit des Todes einen Raum bekommt: Dumbledores Worte klingen wie eine Mahnung, dass den Menschen Schlimmeres zerstören kann, als es der Tod vermag. Diese Worte sind kaum zu begreifen, denn der Tod zerstört zwar das Leben, aber im Sinne seiner Beendigung, während es auch ein zerstörtes Leben schon zu Lebzeiten geben kann.

In den Sommerferien wartet Harry wie immer auf ein Zeichen aus der magischen Welt. Er sitzt quasi auf gepackten Koffern, obwohl er am Fenster wartend eingeschlafen ist, denn Dumbledores letzte Nachricht lautete, dass er ihn an diesem Abend um elf Uhr abends im Ligusterweg abholen und zu den Weasleys bringen würde. Es ist Dumbledores letzter Auftritt bei den Dursleys.
Während Harry seine letzten Sachen einpackt, führt Dumbledore eine ernsthafte Unterredung mit den Dursleys. Er stellt ihnen ein schlechtes Zeugnis aus, da sie nicht ihrem Auftrag nachgekommen seien, Harry wie einen Sohn zu behandeln. Zum Glück haben sie ihn aber nicht in der Weise misshandelt wie ihren Sohn Dudley. Dennoch hätten sie Harry dadurch geschützt, dass er in ihrem Haus gelebt hat, wo in Petunia das Blut seiner Mutter präsent ist. Darum erbittet Dumbledore, dass Harry noch einmal in den nächsten Sommerferien, bis er siebzehn und in der Welt der Zauberer volljährig wird, für kurze Zeit zu ihnen zurückkehrt. Danach machen sich Dumbledore und Harry auf den Weg, während das Gepäck in den Fuchsbau vorausgeschickt wird (vgl. VI.3).

Es sind alles vorbereitende Schritte bis zur endgültigen *Ablösung* im nächsten Jahr nicht nur von den Dursleys, sondern ebenso von Hogwarts und von Dumbledore, dessen Lebenskraft zu diesem Zeitpunkt bereits gebrochen ist.

Die Handlung wird vor allem getragen von Dumbledores Nachforschungen in Voldemorts Vergangenheit und dem diesjährigen Lehrer zur Verteidigung gegen die dunklen Künste, Horace Slughorn, denn er ist der Schlüssel, um den Geheimnissen der Horkruxe nachgehen zu können, und derjenige, der Harry das Lehrbuch für Zaubertränke, versehen mit dem Namen *Halbblutprinz,* zuspielt. Severus Snapes

Mutter, Eileen Prince, hatte den Muggel Tobias Snape geheiratet. Insofern ist Snape ein Halbblutprinz.

Das Buch dient Harry als Quelle ungeheuren Wissens und verschafft ihm in vielen schwierigen Situationen große Vorteile. Als Harry Draco durch den Septumsacra-Fluch verletzt, bei dem er hätte verbluten können, und Snape gerade noch das Schlimmste verhindern kann, weiß Snape, dass Harry nur über sein altes Schülerbuch an dieses Wissen gelangen konnte. Er fordert von Harry Rechenschaft, der sich herauszuwinden versucht und dadurch wieder Snapes ganzen Zorn und Hass auf sich lädt. Aber auch umgekehrt ist Harry voller Hass und Argwohn gegen Snape, der ihn jahrelang gequält hat.

Mit dem Namen *Halbblut*prinz wird jetzt auf andere Weise der ödipale Akkord angeschlagen, jedoch konfliktgeladen, denn ein realer Halbblutprinz ist eine Art Bastard, ein nicht-eheliches Kind. Solche Söhne kommen meistens schlecht weg, ebenso wie Harry in Snapes Unterricht.

Aus dem Rückblick des siebten Bandes hätte Harry ebenso ein Sohn von Snape und Lily Evans werden können, wenn sie nicht James Potter geheiratet hätte. Dann hätte sich Harry mit dem Schulbuch lediglich das väterliche Wissen angeeignet, was Söhne auch manchmal ungefragt tun.

Da nach Dumbledores Tod alle Fäden in Snapes Hand zusammenlaufen, die es Harry erst ermöglichen, Voldemort zu besiegen und den Wahn aufzugeben, den Besitz der *Deathly Hallows* zu erstreben, ließe sich auch von einem *versöhnlichen ödipalen Drama* zwischen Harry und dem Halbblutprinzen sprechen.

Snape schützt auch das Leben eines anderen Jugendlichen, es ist Draco Malfoy, denn er schwört dessen Mutter den Unbrechbaren Eid. Er bedeutet Snapes Tod, falls er Dracos

> Leben nicht schützen sollte. Draco soll Dumbledore töten, womit Voldemort die Loyalität der Malfoys bewiesen werden soll (vgl. VI.2).

Dracos Situation ist tragisch. Um seinen Vater zu retten, soll er einen *Vatermord* an Dumbledore begehen, verweigert er sich, mordet er seinen eigenen Vater.

> Dracos Versuche schlagen fehl, er fühlt selbst, obwohl er über alle Jahre ein hinterhältiger und Parolen dreschender, aber auch feiger Slytherin war, dass er nicht in der Lage ist, einen Menschen zu töten.

Das unterscheidet ihn von dem Slytherin Voldemort.

> In Dumbledores Sterbeszene nimmt es Snape auf sich, auf Dumbledores mahnende Bitte hin, den Todesfluch zu sprechen, um nicht eine junge und ungefestigte Seele mit einer solchen Tat zu belasten. Zum Schluss flieht er mit Draco, wird aber von Harry verfolgt, um Dumbledores Tod zu rächen. Als Harry der Fluch eines Todessers trifft, wird dieser jedoch von Snape abgewehrt: »Hast du unseren Befehl vergessen? Potter gehört dem Dunklen Lord – wir sollen ihn am Leben lassen! Geh! Geh!« (VI: 608) Harry schimpft ihn einen Feigling, und Snape schreit aus tiefster Seele auf.

Vermutlich wollte Snape aber auch Harrys Leben retten. Zu diesem Zeitpunkt kann Harry noch nicht begreifen, welchen bitteren Kampf Snape mit sich selbst ficht. Im Epilog des siebten Bandes hingegen spricht Harry zu seinem Sohn, Albus Severus: »[...] you were named for two headmasters of Hogwarts. One of them was a Slytherin and he was probably the bravest man I ever knew.« (VII: 607)

In diesen nahezu kaleidoskopartig aufgezeigten Facetten ödipaler Problematik und Komplexität findet der Leser viel Bekanntes, vielleicht auch Neues.

> In Hogwarts findet die Trauerfeier für Dumbledore statt. Das gute Sommerwetter ist ein Hohn auf Harrys Trauer und seinen Schmerz. Zum Schluss lodern Flammen, die den Leichnam verbrennen; mit den verfliegenden Rauchwolken fliegt Fawkes davon, und am Ende erscheint ein weißes Grabmal dort, wo vorher der Leichnam lag.
> Harrys und Ginnys Blicke treffen sich. Er will sich von ihr trennen, um ihr Leben zu schützen. Jetzt müsse er einige Dinge allein tun. Er wünschte, er hätte sie früher gefragt, aber Ginny entgegnet, »da musstest Du die magische Welt retten« (VI: 651).

Harry bedauert, erst jetzt in Ginny seine Liebe zu entdecken, sein Heldentum hatte ihn bislang aufgehalten, sich den realen menschlichen Dingen zuzuwenden.

The Deathly Hallows

In diesem Kapitel soll sich zeigen, wie – von der Geburt des Helden ausgehend über seine Abenteuer – nun die Entwicklung des Helden in einem bestimmten Reifestadium sichtbar wird. Dabei ist auch die These leitend, zeigen zu können, in welcher Weise die Phantasie des Familienromans nicht mehr gebraucht wird. Das bedeutet, Harry Potter hat es geschafft, von den Eltern als den Göttern seiner Kindheit Abschied zu nehmen und nun fähig zu sein, eine realitätsgerechte Beziehung zu seinen Eltern zu unterhalten, sie so anzuerkennen bzw. zu lieben, wie sie sind und für sich selbst die Liebe zu entdecken. Von all dem wird im Roman nicht explizit gesprochen, sondern nur von der Tatsache, dass er bereit ist zu sterben, mit dem Ergebnis, jetzt erst sein eigentliches nicht-heldisches, menschliches Dasein anzutreten. Das ist die Conditio humana.

Die Trennung von den inneren Elternbildern der Kindheit erfolgt auf verschiedenen Ebenen: Zunächst findet ein letztes Zusammentreffen mit den Dursleys statt, die anschließend zum eigenen und zu Harrys Schutz vom Orden des Phönix evakuiert werden. Die Szene lässt vermuten, dass sie sich niemals wiedertreffen werden, und es ist verwunderlich, dass J. K. Rowling sie auch im Epilog nicht wieder erwähnt, denn die Bilder der Kindheit gehen nicht verloren.

Zwischen Dudley und Harry kommt es zu einer wirklichen Annäherung und Anerkennung des jeweils anderen, als würde von dem Alterego etwas in die eigene Person integriert werden. Bei Dudley äußert es sich in der Weise, dass er für Harry eine Tasse Tee hinstellt, was dieser erst verspätet erkennt, denn sie war so ungeschickt platziert, dass sie im Wege stand und zu Bruch ging.

Es zerbrechen auch einige Vorurteile.

Noch immer denkt Dudley daran, wie Harry ihn vor dem Dementor gerettet hat, und ist deshalb von der Notwendigkeit überzeugt, das Haus verlassen zu müssen. Seine Eltern widersetzen sich nach wie vor jeglicher Veränderung ihres Lebens, stimmen aber schließlich zu mitzugehen, weil sie sich um nichts auf der Welt von ihrem Sohn trennen wollen.

Harry begreift plötzlich die große Veränderung in Dudley und verabschiedet sich von ihm mit den Worten, »Big D«, die früher ein Schimpfwort waren, jetzt aber Anerkennung bedeuten. Mr. Dursley traut Harry immer noch nicht über den Weg, aber Harry ist gedanklich und verbal souverän, er lässt sich nicht in fruchtlose Streitereien verwickeln. Mrs. Dursley zögert beim Weggehen einen Augenblick, als wollte sie noch etwas sagen, doch sie bringt es nicht zustande. Die Dursleys der Kindheit fahren davon an einen sicheren Ort und werden – wie gesagt – nicht mehr erwähnt.

Erwähnenswert erscheint mir, dass ebenso Ron und Hermine ihre Eltern evakuiert haben, als könnten die Objekte der Kindheit nur verlassen werden, wenn sie innerlich an einem sicheren Ort dennoch bewahrt werden können.

Anders verläuft die Trauer um Dumbledore. Sie wird von Gerüchten erschüttert, denn in einer über ihn verfassten Biographie kommen Verfehlungen aus seiner Jugend zur Sprache, vor allem, dass er nicht immer auf der Seite der weißen Magie gestanden haben soll. Am Ende des Romans kann Harry Dumbledore auch mit seinen Schwächen als ein gutes Bild in sich bewahren.

Das alles verläuft nicht so glatt, wie es sich anhört, denn gleich zu Beginn des Romans kommt es zu einer Schlacht mit den Todessern und zu einer direkten Verfolgung, in der Voldemorts Zauberstab gegen Harry nichts auszurichten vermag. Das Heldentum nimmt zunächst noch seine Fortsetzung und steigert sich für die folgenden Monate, als die Anhänger Voldemorts das Zaubereiministerium in ihre Gewalt bringen und nach einer knappen Warnung des fliehenden Ministers den an sich geheimen Wohnort der Weasleys überfallen.

Seitdem sind Harry, Ron und Hermine unterwegs, teils müssen sie ihre eigene Haut retten, teils sind sie Zauberhelden, als es um die Befreiung der zum Tode oder zu Gefängnis verurteilten Mudbloods geht. Das alles geschieht mit der Vorgabe, Dumbledores Auftrag zu erfüllen, die noch fehlenden Horkruxe zu finden und zu vernichten.

Teils sind das recht spannende Aktionen, die jedoch fast leichtfertig so viele Opfer fordern, dass sich im Leser auch Zweifel melden können, ob J. K. Rowling ihre eigene Romanhandlung überhaupt noch Ernst nimmt.

Die bloße Jagd nach den Horkruxen erhält endlich im einundzwanzigsten Kapitel durch *The Tale of the Three*

Brothers ein dialektisches Gegenprinzip. Sie steht in dem Buch *The Tales of Beedle the Bard*, das Dumbledore Hermine vererbt hatte.

Diese Geschichten, Märchen, Sagen oder Legenden kennen alle Kinder, die in Zaubererfamilien aufgewachsen sind. Nur Harry und Hermine, wie auch Voldemort, die bei Muggels groß geworden sind, haben nie etwas von ihnen gehört. Hermine ist bekanntlich eine gründliche Leserin und stellt immer wieder laut die entscheidenden Fragen nach dem Wahrheitsgehalt, die Harry nachdenklich werden lassen, worauf es denn eigentlich ankommen müsste:
Die Geschichte von den Drei Brüdern ist auch die Geschichte von den *Deathly Hallows*. Als die drei Brüder bei der Überquerung eines reißenden Flusses sich eine Brücke zur Überquerung zaubern, ist *Death* in Wahrheit verärgert, dass die drei ihrem Tod entronnen sind. Aber er ist raffiniert und gewährt jedem einen Wunsch. Der älteste, der den Kampf bevorzugte, erhält einen Zauberstab, den Elder Wand, mit dem er jedes Duell gewinnen kann. Der zweite war ziemlich arrogant und wollte *Death* demütigen, er wünscht sich und erhält einen Stein, um die Toten zurückzubringen. Der dritte ist misstrauisch und fragt, wie er ungesehen von ihm weggehen kann. Da überreicht ihm *Death,* wenn auch unfreiwillig, seinen eigenen *Cloak of Invisibility.* Diese drei Gegenstände sind die *Deathly Hallows*, die jeden Eigentümer im Besitz von allen dreien zum *Master of Death* machen.
Die ersten beiden Brüder kommen nach kurzer Zeit ums Leben, nur der dritte hält sich bis in sein hohes Alter für den Tod unsichtbar. Als er spürt, dass für ihn die Zeit gekommen ist zu sterben, gibt er den Tarnumhang an seinen Sohn weiter. *»And then he greeted Death as an old friend, and went with him gladly, and, equals, they departed this life.«* (VII: 332)
Wenig später bringt Hermine die Sache auf den Punkt: »No magic can raise the dead, and that's that!« (VII: 346)

Harry ist im Besitz dieses Tarnumhangs, der aus der weiblichen Linie der Peverells stammt und an seinen Vater James vererbt wurde. Inzwischen ist bekannt, dass Voldemort nicht nur Harry sucht, sondern selbst den Elder Wand, um ein für allemal unverwundbar zu sein. Diesen hatte jedoch Dumbledore Grindelwald in seinem legendären Duell abgenommen. Somit waren bereits zwei Hallows in Dumbeldores Besitz, und Harry fragt sich, ob es nicht wichtiger sei, den Elder Wand statt der Horkruxe zu suchen. Er ahnt nicht, dass sich in dem von Dumbledore vererbten Snitch der dritte Hallow befindet. Bislang ließ sich die goldene Kapsel nicht öffnen, dies gelingt Harry erst in einem weiteren Reifungsschritt.

Harry spürt, dass, immer wenn ihn starke Gefühle wie beispielsweise Trauer (VII: 387; grief, Kummer) total ausfüllen, sich Voldemort seiner nicht bemächtigen kann. Dann befindet sich Harry im realen Leben. Er weiß, dass Dumbledore sagen würde, »that it was love« (VII: 387). Einge Seiten später ist Harry in Gedanken versunken: »The Dumbledore in Harry's head smiled« (VII: 391), was nicht nur bedeutet, dass sich seine Ambivalenz positiv gewendet hat, sondern seine Beziehung mit Dumbledore in ihm lebendige Strukturen hinterlassen hat.

> Harry stellt sich plötzlich die Frage: Da Dumbledore so viel über andere Menschen wusste und sie richtig einschätzte, was dachte er dann eigentlich von ihm?
> *»Am I meant to know, but to seek? Did you know how hard I'd found that? Is that why you made it this difficult? So I'd have time to work that out?«* (VII: 391)

Dumbeldore kannte Harrys Veranlagung zum Heldentum. Die vielen Abenteuer, das Auffinden und die Vernichtung der Horkruxe ist die Zeit, in der sich Harry mit seiner

Grandiosität auseinandersetzt und zunehmend lernt, darauf zu verzichten.

> Bevor es wirklich soweit ist, wird in Hogwarts gekämpft, obwohl Voldemort das Ultimatum stellt, dass alle geschont werden, wenn Harry bis Mitternacht an ihn ausgeliefert wird.

Auch Voldemort hat sich verändert, er wartet und kann warten, was besagen könnte: Für das, was noch folgt, kann jeder nur selbst und ganz allein einstehen.

> Zwar quälen Harry zunehmend die vielen toten Zauberer, die auch seinetwegen gefallen sind, doch erst nachdem Snape von Nagini getötet wurde, Harry in Snapes Sterben begreift, dass er auf Dumbledores Seite gegen Voldemort, für Harry und seine Mutter Lily gekämpft hat, die er zeitlebens nicht vergessen konnte, ist er in der Lage, sich Voldemort kampflos zu stellen.

Er kann jetzt die Bedeutung Snapes anerkennen, ebenso verliert das ursprünglich hasserfüllte imaginierte Vaterbild seine Macht. Damit begibt sich Harry in die Generationenfolge.

> Wieder nach einem schrecklichen Gemetzel in Hogwarts und nachdem Voldemort eine einstündige Waffenruhe angeordnet hat, an deren Ende er Harry im Verbotenen Wald erwartet, bahnt sich das erste Finale an.
> Harry weiß, dass er diesen Weg allein ohne seine Freunde antreten muss. Er trifft Neville und sagt zu ihm, dass, wenn er nicht zurückkehre, er Nagini töten müsse. Es ist ihm sehr schwer ums Herz, das Leben aufgeben zu sollen, wo er doch gerade erst anfängt zu leben. Es gehen ihm viele angstvolle Gedanken durch den Sinn, ob der Tod wohl Schmerzen bereiten wird. »I am about to die« (VII: 559), In diesem Augenblick – »this was the close« (ebd.) – lässt sich die gol-

dene Kapsel mit dem Resurrection Stone – Dumbledores Vermächtnis an Harry – öffnen. Auf dem Weg zu Voldemort phantasiert er seine Eltern und alle von ihm geliebten Personen herbei, die selbst bereits gestorben sind.

Im Gegensatz zum Märchen von den *Drei Brüdern* hat Harry die Botschaft – das uralte Motiv von *Orpheus und Eurydike* – begriffen, dass die Wiederauferstehung der Toten nicht deren konkrete Erscheinung bedeutet, sondern deren erinnerbare psychische Präsentz.

Die Zeit ist nahezu abgelaufen. Voldemort fragt sich bereits, ob er sich in Harry getäuscht habe. »You weren't«, ruft Harry, so laut er kann (VII: 563). In einem atemberaubenden und totenstillen Augenblick erhebt Voldemort seinen Zauberstab und spricht den Todesfluch. Harry sinkt zu Boden. Voldemort und die Todesser sehen sich als Sieger.
Harry glaubt sich tot, begegnet aber in seiner Phantasie Dumbledore, der ihm jetzt alle Zusammenhänge seines komplexen Planes erläutert. Die Szene findet in King's Cross statt, dort, wo alljährlich die Reise nach Hogwarts beginnt. In der Nähe unter einer Bank wimmert ein Säugling, der als nächster des Schutzes bedarf.

Der Leser könnte vermuten, dass es der im Laufe des Jahres geborene Teddy Lupin ist, der in dieser Schlacht seine beiden Eltern verloren hatte. Es könnte auch sein, dass Harry – nachdem er fast tot ist – mit sich selbst, mit dem Säugling vor sechzehn/siebzehn Jahren in Berührung kommt. Die Berührung mit der Verletzlichkeit eines Säuglings gibt ihm die Kraft, sich (noch einmal) Voldemort zu stellen.

Harry kommt im Verbotenen Wald wieder zu sich, von wo aus Voldemorts Siegesprozession ins Schloss stattfindet. Hagrid trägt in tiefer Trauer Harry auf seinen Armen zurück, ohne zu wissen, dass er lebt.

Dort kommt es zum zweiten Showdown zwischen Voldemort und Harry. Wieder – wie im *Feuerkelch* – treffen sich beider Zauberflüche in der Luft. Voldemort wird wie von einem Bumerang mit seinem eigenen Fluch getötet, am Boden liegt Tom Riddle. Auch Nagini wird vernichtet, von Neville mit Gryffindors Schwert.

Fortan verzichtet Harry auf den Gebrauch des Elder Wand, mit dem er abschließend nur noch seinen eigenen Zauberstab repariert, der im Laufe des Jahres versehentlich von Hermine in einem Duell zerbrochen wurde

Mit Harrys innerem Einverständnis, die Begrenzung seines Lebens durch den fast erlebten Tod als sein Schicksal anzunehmen, wird der Kreis zum Anfang, zum Kampf um den *Stein der Weisen* geschlossen. Weisheit äußert sich in der Anerkennung der Conditio humana. Die *Deathly Hallows* haben ihre Anziehungskraft verloren. Voldemorts tödliche Grandiosität ist vernichtet, aber auch dessen grandioser Splitter in Harry, wodurch aus einem jugendlichen Helden und im Blick auf den Epilog, *Nineteen Years Later,* ein Erwachsener, ein Ehemann und Vater wurde. Seine Narbe – seine Haut – schmerzt nicht mehr. Aus dem Schmerz ist Verletzlichkeit, dann Endlichkeit geworden. Anders als die gepanzerte Haut eines *Siegfried im Nibelungenlied* ist die Verletzlichkeit seine Stärke. Aber Voldemort ist nur scheinbar tot, denn seine Repräsentanz ist in Harry integriert.

5. Das Phantastische – vom Überfluss oder Mangel an Bildern

In verschiedenen Zeitungsartikeln und Aufsätzen wird der Welterfolg des Romans als kulturelles Phänomen benannt, jedoch ohne seinen Eigenschaften oder Hintergründen im Einzelnen weiter nachzuspüren. Ich beginne mit einem Resümee.

Zu Beginn standen Fragen: Was ist an Harry Potter so faszinierend? Wird um das Werk lediglich ein erfolgreiches Spektakel arrangiert, das vergessen wird, sobald der Leser das Buch zugeklappt hat, ist das Unternehmen ebenso grandios wie der psychische Prozess der Protagonisten, bis sie endlich den Zauberstab aus der Hand legen? Oder ist die Faszination tiefergehender Natur und wenn ja, warum?

Elemente der Sensation und des Spektakels waren nicht zu übersehen. Jeder, der etwas von Harry Potter gelesen hat, dürfte sich an Momente des Schauderns und Unheimlichen erinnern, was die Lust am Lesen keineswegs geschmälert, sondern eher im Sinne einer Angstlust oder *thrills* gesteigert haben könnte. An Erregung und Spannung hat es nicht gefehlt, und vielleicht waren diese Affekte auch das unsichtbare Band, das sieben Zeitabschnitte eines Romans zusammenhielt.

Inhaltlich ließ sich auf einige machtvolle Bilder des Lebens schließen, die für den Jugendlichen an der Schwelle zur Adoleszenz und darüber hinaus von Bedeutung sind. Es sind fundamentale Prinzipien des Psychischen: die Facetten der psychosexuellen Entwicklung, Liebe und Tod, die Ablösung von den Liebesobjekten der Kindheit und das Finden neuer bedeutsamer Objekte und der Umgang mit Ambivalenz. Es sind dies alles Lebenstatsachen, ebenso wie die Anerkennung der eigenen Endlichkeit.

Alles in allem ein großer Auftritt. Nur hält er, was er verspricht? Geht es nur um die Teilhabe an den affektsteigernden Aktionen des Romans, oder vermitteln sich die Bilder auch in einer gewissen Nachhaltigkeit, wie es von Literatur und Kunst zu erwarten wäre? Gemeint sind unbewusste Austauschprozesse, in denen latentes Fühlen und Wissen des Lesers mit Bildern des Textes kommunizieren und auf diese Weise die Wahrnehmung und das eigene Erleben gestalten können. Um sich einer möglichen Antwort zu nähern, soll jetzt das *Phantastische* der Welt Harry Potters betrachtet werden. Zunächst eine knappe Begriffbestimmung:

> *Phantastisch* bedeutet zunächst nur in der Phantasie bestehend, woraus sich ein in Beziehung treten zur äußeren Welt, zur Realität ergibt. Als Eigenschaft eines Textes ist das Phantastische einerseits mit dem Denksystem einer Kultur verbunden, bezieht sich also auf eine reale Welt und andererseits liegt im Phantastischen, in seiner Andersartigkeit die Möglichkeit, eine Welt zu erfinden. Die imaginierte Welt muss, um den Anspruch des Phantastischen erfüllen zu können, eine Offenheit und einen Freiraum gewähren, der dadurch entsteht, dass die Bilder des Phantastischen geladen sind mit Geschichte, möglichen Geschichten und Symbolen, die vieldeutig sind (vgl. Krahe, Wünsch, 2002).

Dem Leser sind vermutlich längst – und nicht erst vor dem Hintergrund dieser Beschreibung – die typischen

Charakteristika des Romans aufgefallen, die Realität (der Dursleys, des britischen Schulwesens, der historischen Verklammerungen), ebenso wie Harrys Phantasie, die imaginierte Gegen- und Zauberwelt von Hogwarts, die verzauberten mythologischen Symbole, die Erfindung von Monstern und Fabelwesen.

Gewährt diese imaginierte Welt auch Offenheit und Freiheit? Und wenn ja, was bedeutet das dann für eine Kultur?

Um hierüber nachdenken zu können, sollten noch einmal die Protagonisten des Romans auftreten. Was verkörpert Voldemort, wenn er die Endlichkeit verleugnet, sich in destruktiver Weise seiner Mitmenschen bemächtigt, sie weder lieben noch um sie trauern kann? Nie war in dem Roman die Rede von der *Angst* Voldemorts, und auch Harrys *Angst* war vorwiegend versteckt und abgewehrt in seinem Heldentum.

Voldemorts Größenphantasie richtet sich nicht nur gegen den Tod an sich, sondern auch gegen die *Abhängigkeit von Zeit*. Voldemorts Form der Abwehr im Roman wurde dargestellt. Da der Leser hingegen um den Helden und seine Freunde (mit)*gebangt* haben dürfte, könnte er sich indirekt auch mit seiner eigenen Erfahrung von *Zeit* befasst haben. Eine Angst vor dem Tod kann auch auf andere Weise – als in dem Roman thematisiert – abgewehrt werden. Zwar wird es immer wieder Menschen geben, die an einem Unsterblichkeitswahn leiden, aber im gegenwärtigen Zeitgeist lassen sich eher Phänome des Jugendwahns und des Nivellierens generativer Unterschiede beobachten.

In den *facts of life* bildet sich eine grundsätzliche Art von menschlicher Abhängigkeit ab, indem die benannten Lebensprinzipien darauf verweisen, dass der Mensch sein Leben weder vollständig ergründen, noch selbst darüber bestimmen kann. Insofern gewährt die Zauberwelt Harry Potters auf den ersten Blick weder Freiheit noch Offenheit. Dies zeigt sich vielleicht in einer etwas anderen Hinsicht: Da bei jeder Neuerscheinung eines Bandes dem Leser angeboten wurde, der Mitakteur einer medialen Inszenierung zu sein, wurde er ein Teil des Potter-Universums, wovon ich mich als Autorin dieses Buches kaum ausschließen kann. Dies veranlasste mich zu der Annahme, dass die Rezeption des gesamten Werkes einen *performance*artigen Charakter hat.

In einer *Performance* werden die Zuschauer, in diesem Falle die Leser, zu Mitakteuren eines Kunstwerks. Mit der teils von außen inszenierten, teils andauernden Erregung innerhalb des Werkes wird etwas unbestimmt Erlebtem (Vorsymbolischen), aber Noch-nicht-Gedachtem Raum gegeben. Der Performanceprozess drängt zur Symbolisierung, zu einem neuen Bezug der inneren und äußeren Wirklichkeit (Danckwardt, 2006). Insofern stellt u. a. das vierte Kapitel *eine* Möglichkeit dar, für bisher Ungedachtes Raum zu schaffen.

Warum ist es aber so bedeutsam, wenn von etwas nur unbestimmt Erlebtem und vielleicht nur teilweise Gedachtem eine so faszinierende Wirkung ausgeht? Fehlen innere Bilder über solche grundsätzliche Erfahrungen? Ist dann *die Bilderflut* des Romans Ausdruck *eines eigentlichen Erfahrungsmangels,* wodurch sich für den Leser in der Teilhabe an einem anderen, der menschlichen Erfahrung nahen Phantasiekosmos das Gefühl von Freiheit und Offenheit einstellt?

In der Zeitschrift *Fokus* (Nr. 29, 2007) heißt es sinngemäß, der Roman enthalte raffinierte Plagiate von Internats-, Fantasy-, Science-Fiction und Kriminalgeschichten und der Weltliteratur. Vielleicht liege die Wirkung in der genialen

Mischung und einer leicht fasslichen Sprache. Man könne das kritisieren, auch den Marketingerfolg, aber der Erfolg spreche für sich und müsse etwas bedienen, *was eine Gesellschaft sonst nicht hat, aber scheinbar sucht.*

Das Geheimnis kenne vielleicht nicht einmal der Leser, so dass höchstens zu vermuten, aber nachvollziehbar wäre, dass es vielleicht die Lust am Grausamen ist, die fortwährende Spannung von Anfang bis Ende, das Mitbangen um den Helden, wobei sich auch das Tabu erfüllt, dass in der Kinder- und Jugendliteratur der Held nicht sterben darf. Es gebe sogar Anzeichen für einen Potter-Effekt, der auf der Zunahme von Fantasy-Literatur in den letzten Jahren beruht.

In eine ähnliche Richtung weisen die Überlegungen des Homer-Forschers Latacz (2007): Der Erfolg von Fantasy-Geschichten beruhe darauf, dass sich in ihnen der »Zauber« unserer Realität enthülle. »Wir besitzen kein geschlossenes Weltbild mehr, die Religionen verlieren ihre Macht. Der Kinderglaube erscheint zerstört. Doch wir wollen Geborgenheit. *Wir sehnen uns nach der Einfachheit und Einheit.* Der Erfolg der Fantasy-Erzählungen beweist, dass die urtümlichen Weltempfindungen nicht auszurotten sind.« (ebd.: 51)

Diese Worte weisen in die gleiche Richtung wie das Zitat von Heinrich Heine aus dem Jahr 1847 (vgl. Kap. 3). Der *Faust* war zwar kein Medienereignis im heutigen Sinne, aber nach Erscheinen des zweiten Bandes wurde er angeblich zum Lieblingsbuch der Deutschen, und der Verlag Philipp Reclam jun. eröffnete 1867 seine Universal-Bibliothek mit dem *Faust I* und *II* (vgl. Hermes, 2007) – und das, obwohl Goethes *Faust* kaum ohne gründliche mythologische und historische Kenntnis zu verstehen ist.

Vielleicht trifft Harry Potter tatsächlich auf eine Leerstelle im Zeitgeist des 21. Jahrhunderts. Die Menschheitsfragen ändern sich nicht, nur die Form ihrer künstlerischen Darstellung (Gattig, 2004, 2006, 2007). Das Bedürfnis, ihnen in einfacher, spannender und phantasievoller Weise zu begegnen, weckt ein Gefühl von Lebendigkeit in einer dem Zeitdiktat unterworfenen Zivilisation. Die *Phantastik* spricht darüber hinaus den Leser in seinen eigenen Omnipotenzphantasien an, die trotz erfolgreich durchlaufener Entwicklung hin zur Realitätsanpassung immer lebendig bleiben (vgl. Freud, 1904, 1908, 1912).

> Von Lovenberg (2007) hebt hervor: Wer einen Harry-Potter-Band aufschlage, beträte eine Welt, in der er sich wiederfinden könne. Die *Identifizierung* mit Lachen, Weinen und Bangen mache die Wucht der Lektüre aus. Dabei sei nicht alles Zauberei, sondern der Leser begegne Charakteren und Themen wie der Grenze des Todes oder der Macht der Liebe.
> Auch Kielinger (2007) äußert sich in mehreren Zeitungsartikeln zu Harry Potter. Wiederum ist die Rede von einem *literarischen, kulturellen und anthropologischem Phänomen*. Dem Wechsel von Burleske, Ernst, Realität, Absurdität, ironischen Namensgebungen, der Unterwanderung alles Bürokratischen, in dem Wechsel von Wagnis, Mut, Angst und der Bewährung von Freundschaft, Treue u. a. hafte oberflächlich gesehen zwar oft etwas Märchenhaftes an, doch in all dem Zauber spiegele sich lediglich die menschliche Natur, in ihrer Verführbarkeit, ihren Ängste, ihren Hoffnungen. Voldemort und Harry seien Urtypen im Raum existentiellen Tastens. Rowling sei eine märchenhafte Erzählerin und große Realistin der menschlichen Natur, indem sie nicht nur in Schwarz-Weiß, sondern ebenfalls die Grauzonen mitzeichne.

Das Begehren nach bewegenden Erfahrungen deckt sich inhaltlich mit dem *»Begehren nach Bildern«* (Schmuckli, 2006). Mit diesem Titel betont die Autorin, dass der Mensch in seinen Wahrnehmungs- und Denkprozessen auf das innere Bild hin angelegt ist. Es ist vorrangig, geht der Sprache voraus und wird im Sinne eines Visualisierungsprozesses erst nachträglich »abgesprochen« (ebd.: 11), was auch bedeutet, dass sich Visualisierungs- und Performanceprozess in ihrer Grundstruktur ähneln.

Die Faszination an Harry Potter abgeleitet aus einem gesellschaftlichen *Mangel* an existentiellen Bildern, lässt auch die Vermutung zu, dass gegenwärtig Grunderfahrungen nicht ermöglicht oder vermieden werden, was mit Schmuckli (2006) gesprochen, der Subjektwerdung entgegenstehen würde. Türcke hingegen kritisiert das Begehren einer Gesellschaft nach dauernder Erregung und fragt sich, ob sich unter einem »Strohfeuer« (2006: 69) überhaupt innere Vorstellungbilder entwickeln können.

Die Wirkungsgeschichte dieses Romans über Harry Potter liegt noch in der Zukunft, denn eines wird sich sicher nicht wiederholen können: die selbst ans *Phantastische* grenzende Medialisierung des Ersterscheinens der jeweiligen Fortsetzungsbände.

6. Die Trivialisierung von Repression und Gewalt

Eine knappe Äußerung sei vorangestellt:

> Der siebte Band ist eine kaum verhüllte Allegorie auf das »Dritte Reich«, Voldemort erlässt Rassegesetze, die stark an die Nürnberger erinnern. Die Szenen, in denen die Gemischtblütler schikaniert und gequält werden, sind sehr eindrücklich. (Maar, 2007: 15)

Derartige Szenen teils direkter, teils verhüllter Natur, die zumindest mitteleuropäischen Lesern solche Projektionen nahelegen, durchziehen jedoch den gesamten Roman. Die Art ihrer Darstellung veranlasst mich, die im vorigen Kapitel angestimmten Überlegungen zur Bedeutung von Bildern und ihrer möglichen Wirkung auf den Rezipienten – nachdem die individuelle Perspektive der Protagonisten (Voldemort/Harry) im Vordergrund stand – jetzt verstärkt mit einem Blick auf den gesellschaftlichen Kontext des Romans fortzusetzen und zu vertiefen.

Bevor inhaltliche Details zur Sprache kommen, zunächst einige Erläuterungen:

1. Unter *Trivialisierung* wird das Nebeneinander, die Häufung und Wiederholung von Bildern, Reizwörtern und widerstreitenden Gefühlen verstanden, ohne dass das jeweilige Thema einer argumentativen Bearbeitung zugeführt wird (vgl. Killy, 1962; Leupold-Löwenthal, 2002). Friedländer (1982) hat unter dem Titel *Kitsch und Tod. Der Widerschein des Nazismus* herausgearbeitet, in welcher Weise *unbeabsichtigt* in Filmen und Romanen

über das »Dritte Reich« und den Nationalsozialismus die schrecklichen Seiten des Nazismus *neutralisiert* werden:

> Das Ergebnis mag ein Meisterwerk sein, bei dem man das Gefühl hat, es steht in der falschen Tonart: Mitten in der Meditation erhebt sich ein Verdacht auf Selbstgefälligkeit und Sympathie für das Dargestellte. Eine Grenze ist überschritten worden und ein Gefühl von Unbehagen kommt auf: Dies ist ein Merkmal des neuen Diskurses. (Friedländer, 1982: 30)
> Einerseits werde sich der Realität gestellt, die jedoch durch die Art der Darstellung neutralisiert und verschleiert, was an dieser Vergangenheit unerträglich bleibt, so als gäbe es dafür keine andere Sprache, als die Ereignisse in den banalen Lauf des Alltags zu integrieren. Dadurch werde dem Imaginären, den Phantasmen freier Raum gelassen. Der Nazismus sei gegenwärtig die bedeutendste Metapher des Bösen, die jedoch einen seltsamen Eindruck von Unzulänglichkeit hinterlasse, ein Unbehagen über das, was gesagt wird und darüber, was keine Sprache bekommt. Die Ohnmacht der Sprache verursache die Wiederkehr der Faszination am Nazismus (zusammengefasst aus: Friedländer, 1982, 3. und 4. Kap.).

Ich habe mich oft gefragt, warum J. K. Rowling die Bilder des Nationalsozialismus wachruft. Ist das eine besondere Art makabren britischen Humors, oder ist dies lediglich die Projektion einer deutschen Leserschaft? Bedient die Autorin sich einer gängigen Metapher des Bösen, denn Anleihen macht sie nicht nur auf diesem Gebiet, oder schildert sie lediglich strukturell Auswüchse aus der Welt der Zauberer, die Leser in andereren Kulturen mit anderen Vorstellungen und Erfahrungen verbinden? Denn sie benennt die deutsche Vergangenheit nicht namentlich, das geschieht seitens der Rezipienten. Da die Wirkung dieser Romanbilder offensichtlich ist, sollten sie jedoch auch genauer betrachtet werden.

2. Es geht jedoch nicht (in erster Linie) darum, dass Phänomene zeitnaher Geschichtswirklichkeit identifizierbar sind, sondern um die Art und Weise ihrer Darstellung. Diese Überlegung soll gemeinsam mit einigen Thesen Erdheims über die *Adoleszenzkrise* und Freuds *Konzept des Antagonismus in seiner Kulturtheorie* den Hintergrund der nachfolgenden Interpretation liefern:

> Erdheim (1998) unternimmt eine etwas andere Lesart von *Totem und Tabu* (Freud, 1912). Kultur beruhe *nicht nur* auf Triebverzicht, denn in ihm liege bereits die *Öffnung zum Fremden* hin, zu dem, was außerhalb der Familie stattfinde. Damit werde das Fremde *libidinös besetzt*. Zu dem Fremden, allem außerhalb der Familie Liegenden, gehören auch die Arbeit, Ausbildung, Studium, alle Möglichkeiten, die die *Größenphantasie* des Jugendlichen mit der *Realität* konfrontieren, *um beide, sowohl die Phantasien als auch die Realität zu verändern*.

Er schreibt:

> Verliert jedoch die Arbeit diese Funktion, so verbleiben die Größen- und Allmachtsphantasien in einem primitiven, nicht an die Ich-Entwicklung gekoppelten Zustand. Das ungeheure narzißtische Energiepotential, das in diesen Phantasien gebunden ist, drängt auf Verwirklichung und kann durch Freizeitangebote nur unzureichend befriedigt werden. Das Ausmaß an *Aggressivität*, das in der Freizeit bewältigt werden sollte, ist ein Indikator, wie *archaisch* die *Größenphantasien* sich erhalten haben. Dies ist insbesondere auch deshalb bedenklich, weil diese Phantasien leicht aus der Freizeit auf die Politik überspringen, um rassistische und nationalistische Ziele zu beleben. (Erdheim, 1998: 29) [Hervorhebungen K. N.]

Im vierten Kapitel dieses Buches wurde vor allem der intrapsychische Prozess von Harrys sich wandelnden Phantasien dargestellt. Hogwarts ist zwar keine reale Welt der Arbeit und Ausbildung, aber das Bestehen seiner Abenteuer mit Voldemort ist eine Art von *Seelen-Arbeit.*

Während Erdheim (1998) die *Transformation* von jugendlicher *Gewalt* stärker in der Bewältigung realer Aufgaben sieht, an der sich die Größenphantasien abarbeiten, aber auch mit der Möglichkeit, die Realität zu verändern, betont Haas (2002) für die *Entstehung der Kultur durch Transformation von Gewalt* stärker die Bedeutung der *Trauerprozesse.* Diese werden in der *Gesellschaft* der Zauberer kaum sichtbar, eher im Einzelnen: in Harrys Trauer um Sirius Black, um Dumbledore, am Grab seiner Eltern oder als er den Hauselfen Dobby bestattet. Dies waren u. a. kleine, aber bedeutsame Schritte auf dem Weg zur Conditio humana, die Harry am Ende in die Lage versetzen, sich Voldemort ohne Magie zu stellen.

Wenden wir uns jetzt der Art der Darstellung von gesellschaftlicher Repression und Gewalt zu: Hogwarts blickt auf eine *tausendjährige* Geschichte zurück. Eine Anspielung auf die Phantasie des nationalsozialistischen tausendjährigen Reiches ist naheliegend, aber auch, dass es im Folgenden um eine gleichermaßen absurde Größenphantasie gehen wird: den *Rassenwahn.* Denn ebenso alt ist der durch Salazar Slytherin herbeigeführte Konflikt, eine strenge Auslese nach den *genetischen Kriterien der Reinblütigkeit* für die Aufnahme ins Internat durchzusetzen. Damals wurde Salazar Slytherin von den übrigen Gründungsmitgliedern Godric Gryffindor, Helga Hufflepuff und Rowena Rawenclaw erfolgreich bekämpft. Er verließ Hogwarts, hinterließ jedoch ein schreckliches Erbe, indem er im Schloss eine *Geheimkammer* einbaute, die nie gefunden wurde.

Diese Metapher bestätigt lediglich, dass diese eigenartige *Phantasie der Reinheit* uralt und scheinbar unbesiegbar ist, wie auch, dass ihre psychischen Ursachen mehr oder weniger im Dunklen liegen. Friedländer (1982) betont die leitmotivische Faszination des »Motivs der Reinheit« verbunden mit Grausamkeit, Tod bringendem Schicksal, Heldenfigur, Orden und Religiosität.

J. K. Rowling versucht zwar, mit den biographischen Einschüben über Voldemort, Menschen verachtendes Verhalten einfühlbar zu machen, bewegt sich damit aber direkt auf Friedländers Argument der *Affektneutralisierung* zu: Beim Massenpublikum habe sich ein besonderes Interesse an Hitlers Privatleben durchgesetzt. Auch Voldemort wird durch die Nachforschungen Dumbledores zum Alltagsmenschen, dessen erbärmlicher Start ins Leben Gefühle von Mitleid und Trauer wachrufen kann, vielleicht sogar Sympathie und Rettungsphantasien. Teils ist er (wie *Mephisto)* die interessantere Gestalt als Harry (und *Faust).* Diese Empfindungen sind kontrovers zu Voldemorts teils gespenstartiger, teils dämonischer Grausamkeit. Der Leser könnte den Fall Voldemort »psycho-logisieren«, indem er in dem Dunklen Lord den kleinen Tom Riddle erkennt, doch dadurch gerieten die unaussprechbaren Schrecken ins Abseits, mit denen er das Land beherrscht und die Menschen verfolgt.

Diese Geheimkammer ist zugleich die *Schreckenskammer* im zweiten Band, die zuletzt vor fünfzig Jahren, also *1942,* geöffnet wurde. Damit entsteht die Assoziation zum Zweiten Weltkrieg und vielleicht auch zur *Wannseekonferenz (1942)*, auf der die Durchführung der sogenannten *Endlösung* der Judenfrage beschlossen wurde.

Ebenfalls im zweiten Band wird das Thema der Reinblütigkeit unter Zauberern akut, als Hermine, das Kind von zwei des Zauberns unfähigen Muggel-Eltern, selbst aber eine exzellente Zauberin, von einem Schüler des Hauses Slytherin als »mudblood« (Schlammblut) beschimpft wird. Weder sie noch Harry wissen, was das ist. Ron leidet über Stunden an einem nahezu unstillbaren Erbrechen, zwar aufgrund eines Fehlzaubers, aber sein Erbrechen könnte die unaussprechbaren Gefühle wiedergeben, die durch diese Diskriminierung entstehen. So sagt er dann auch, dass sein Vater ihm erzählt habe, dass ohne Muggel die Zauberer samt ihrer Kunst längst ausgestorben wären. Britische Leser könnten an dieser Stelle auch das Überleben adliger Familien vor Augen haben.

Rassen- und Vernichtungswahn könnten nur das Produkt einer *versteinerten* Seele sein. Dementsprechend passiert im Schloss Grauenerregendes. Jeder, der einer solchen Monsterphantasie (dem Basilisken) auch nur halbwegs ins Auge blickt, wird versteinert. Auch der Anblick der Medusa soll jeden versteinert haben. Der Urheber in Hogwarts ist zunächst unbekannt. Eine Zeitlang quält sich Harry unter den argwöhnenden Blicken seiner Mitschüler und deren Tuscheln, denn Harry, der *Auserwählte*, der Voldemorts tödlichen Anschlag überleben konnte, eignet sich als Projektionsfläche gleichermaßen für das Gute und das Böse, für den Neid, nicht auserwählt zu sein, und für die Angst, auch von einem inneren Monster oder einer realen äußeren Gefahr bedroht zu sein.

Harrys Auseinandersetzung mit Voldemort/Tom Riddle wurde im vierten Kapitel dieses Buches behandelt. Hier sollte beachtet werden, wie leicht die Stimmung der heranwachsenden Schülerschaft von solchen Fragen infiziert wird und sie hilflos werden lässt. Erst als die *Alraunen* geschlechtsreif wurden, war das Kraut dafür gewachsen, die Versteinerungen rückgängig zu machen. Dies verweist auf die Verführbarkeit zu extremen Denkmustern, hier dem Rassismus, die allein mit dem Wissen um die Absurdität der Reinblütigkeit nicht behoben ist (vgl. Erdheim, 1998). Somit verlagert sich anschließend im Roman die Handlung auch wieder auf die das psychische Wachstum fördernde Konfrontation zwischen Harry und Voldemort.

Im vierten Band (1994) findet nach dreißig Jahren die Weltmeisterschaft der Quidditch-Spiele statt. An deren Ende kommt es zu tumultartigen Ausschreitungen. Die Todesser – vereinigt unter dem Mal des Dunklen Lords – verwüsten die Camps, überfallen, verletzen und töten Zuschauer, vornehmlich Muggel. Es ist eine Schilderung beklemmender Wirkung, für die es real zahlreiche Vorbilder gibt: kriegerische Misshandlungen von Zivilbevölkerungen, Aufmärsche des Ku-Klux-Klan, von Hooligans oder rechtsextremen Organisationen.

Initiator dieses Dramas ist Barty Crouch, der Sohn des derzeitigen Zaubereiministers: »Ich wollte diesen [in Freiheit gebliebenen (K. N.)] Todessern zeigen, was Treue zum Dunklen Lord bedeutet, und sie für ihre Treulosigkeit bestrafen.« (IV: 718)

Die Sehnsucht nach Zerstörung und Tod, die erotische Dimension dieser Faszination (Friedländer, 1982), hier zwar bezogen auf den Dunklen Lord, verweist aber auf die möglicherweise suggestive Kraft eines solchen Bildes. Was sie jedoch im einzelnen im Leser auslöst, ist nicht zu sagen, aber *unheimlich* ist diese dargestellte Sehnsucht nach Zerstörung schon, außer der Leser hat sich längst von seiner Lektüre distanziert.

Und wieder kommt es zu einer bedenklichen Psycho-Logisierung: Der Leser erhält die Möglichkeit, *rückblickend* an einer brutalen, alle Menschlichkeit vermissenden gerichtlichen Verhandlung gegen verdächtige Todesser teilzunehmen. Barty Crouch senior hat den Vorsitz und verurteilt seinen Sohn ohne väterliche Regung, ohne sich für befangen zu erklären, zur Haft in Askaban. Vor den Augen des Lesers entfaltet sich auch auf dieser Ebene das ödipale Drama. Die verhärteten Fronten der Gefühl- und Sprachlosigkeit finden im Laufe des vierten Bandes ihren Ausdruck darin, dass Barty Crouch seinen Vater ermordet. Er ist ebenfalls dafür verantwortlich, dass Harry am Trimagischen Turnier teilnimmt, an dessen Ende er zusammen mit Cedric auf den Friedhof katapultiert wird, wo Voldemort u. a. mit einem Tropfen von Harrys *Mischblut* wiederum körperliche Gestalt erhält.

Verschiedene Positionen stehen unverbunden nebeneinander, die im Leser das Bedürfnis erzeugen, sie nicht nur miteinander zu verbinden, so als könnte – beispielsweise – die individuell-subjektive Ebene das kollektive Verhalten verdeutlichen, sondern vor allem Mitgefühle und Sympathie für den Täter zu empfinden, wodurch das Schreckliche in ein diffuses Licht gerät und nicht mehr eindeutig identifizierbar ist. Dadurch wird Gewalt nicht integrativ, sondern pervers gebunden, wodurch ein Sachverhalt *verkitscht* und *trivialisiert* wird, der zudem in eigenartiger Weise *faszinieren* kann (vgl. Friedländer, 1982).

Der *Hass* und die *Rache* des Sohnes und die *perverse Hinwendung* zu Voldemort sollen sich in eine die Massen bewegende megalomane Phantasie der *Treue und Gefolgschaft bis in den Tod* fortsetzen. Der allgemeine Leitspruch der SS, »Meine Ehre heißt Treue«, ist ebensowenig fern wie die Assoziation von den Todessern und dem Mal des Dunklen Lords hin zu den Totenkopfverbänden der SS.

Draco Malfoy ist von diesem nächtlichen Aufmarsch während der Weltmeisterschaft fasziniert, er frohlockt bei dem Bild, auch Hermine durch die Luft wirbeln zu sehen, wobei sie ihr »Höschen vorzeigen« müsse, was für »alle ein Riesenspaß« wäre (IV: 130). In dieser Phantasie zeigt sich zudem das *erotische Potential von Gewalt*, das nicht nur Jugendliche fasziniert. Doch Draco Malfoy drischt eher großmäulig Parolen, sie sind das Ventil seiner *ungebundenen Größenphantasien*, denn als er merkt, dass er den Befehl Voldemorts, Dumbledore zu töten, nicht ausführen kann, bricht er zusammen.

Mit dem Wiedererscheinen Voldemorts reaktivieren sich die Todesser, weshalb Dumbledore versucht, die übrige Welt der Zauberer mit den Mitgliedern des Ordens des Phöenix zu verteidigen. Im fünften Band herrscht in Hogwarts der Ausnahmezustand. Dumbledore verliert sein Amt, und die Großinquisitorin Dolores Umbridge setzt schrittweise ein brutales und totalitäres Regime durch:

> Die Schule wird zum Spiegel der europäischen Totalitarismusgeschichte. Zu einem Umerziehungslager, in dem Dolores Jane Umbridge ein protofaschistisches Regime zu führen beginnt.
> [Sie] ist eine gestauchte Ausgabe Maggie Thatchers [...]. Das Präfaschistische der biedermeierlichen Gemütlichkeit verkörpert sie derart perfekt, dass einem das Fürchten kommt. [Mit dem Orden des Phönix hat J. K. Rowling] die Kinderbuchabteilung endgültig hinter sich gelassen. Unter einem Wust von Zauberer- und Pubertätsgeschichten versteckt sich eine politische Parabel. (Krekeler, 2007)

Kühn schreibt auch:

> Faschistoide Regeln und eine inquisitorische Bürokratie als *lohnendes Hassobjekt* [i. O. hervorgehoben, K. N.]: Schon bald sind die ehrwürdigen Gänge Hogwarts von Umbridges faschistoiden Erlassen zur Unterbindung jeglicher Denk-Freiheit buchstäblich vernagelt. Umbridges lächelnder Sadismus, gepaart mit einer Vorliebe für miauende Katzenbilder, verkör-

> pert die Phantasielosigkeit einer inquisitorischen Bürokratie und liefert Harry endlich ein Hassobjekt. (Kühn, 2007)

Jeder Leser, der auch nur eine Spur von Gewalt jemals selbst erfahren hat, könnte bei allen bisherigen Szenen reale Beklemmungen erleben. Zum ersten Mal ereignet sich jetzt ein nahezu ersehnter Gegenschlag, und obwohl dieser Wunsch wie auch diese Szenen der Realität so nahekommen, wird es anschließend unrealistisch, denn die Schüler organisieren zusammen mit Hermine und Harry den praktischen Unterricht zur Verteidigung gegen die dunklen Künste. Natürlich ist unter ihnen eine Verräterin. »Dumbledores Armee« fliegt auf, und in der Folge dieses Tumultes und Harrys Sorge um das Leben seines Paten Sirius Black kommt es zu den Duellen im Mysterium des Zaubereiministeriums, wobei die Glaskugel mit der Prophezeiung zerstört wird, Voldemort und andere zwar die Flucht ergreifen, aber Sirius Black zu Tode kommt.

Während bislang der Leser vielleicht bereit war, die beklemmend reale Schilderung von Repression, Verfolgung und Gewalt nachzuvollziehen, müssten ihn spätestens zu diesem Zeitpunkt auch Gefühle des Unbehagens (Friedländer, 1982) befallen: Die *Grandiosität* der Schüler und die grandiose formale Konstruktion des Romans, am Ende die Guten – wenn auch mit Opfern – siegen zu lassen, mag für Kinder ein Trost sein, für Jugendliche ist sie irreführend und für Erwachsene – abhängig von ihrer Erfahrung – befremdlich bis verletzend. Solche Gewaltverhältnisse werden nicht in selbstmörderischer Grandiosität besiegt, schon gar nicht mit Zauberei.

Zwar sind in einer solchen *Ohnmacht omnipotente Phantasien* zur Selbstverteidigung nachvollziehbar, wenn aber dermaßen mit den Gefühlen des Lesers gespielt wird, verlieren die Szenen, in denen sich die Schrecken ausbreiten, ihre Glaubwürdigkeit. Und damit arbeitet die Verwendung von Bildern, in die zumindest deutsche Leser (vgl. mehrere Zeitungsartikel) den Nationalsozialismus projizieren, einer Verharmlosung von faschistischen Grundhaltungen zu.

Wenn J. K. Rowling Bilder der Mythologie verfremdet oder den *Faust* medialisiert, hat das andere Konsequenzen, als wenn die Grenzen zwischen zeitnaher Geschichtswirklichkeit und Zauberei verwischt werden. Denn das Voldemort-Universum wird als Parallelwelt zur unsrigen Gegenwart identifiziert:

> [...] das Böse trägt die Züge des europäischen Faschismus – mit einem Führerkult, einer Totenkopf-Eliteeinheit, mit aggressiver Rassenideologie und einer Regierung, die noch auf Appeasement setzt, als im Lande schon die nackte Gewalt regiert. Auch die Helden der »guten Seite« haben angesichts dieser Bedrohung mit unklaren Gefühlen zu kämpfen, die von Angst bis Faszination reichen. (Gaschke, 2007)

Im sechsten Band ist Dumbledore wiederum in seine Rechte eingesetzt, Hogwarts hat in seinen befriedeten Alltag zurückgefunden, doch am Ende des Schuljahres, als Harry und Dumbledore von ihrer letzten Exploration zurückkehren, ist Hogwarts in den Händen des Dunklen Lords, Todesser beherrschen das Feld, die Verräter werden sichtbar. Zwar gelingt es noch einmal, den Überfall abzuwehren, aber nach den Sommerferien (im siebten Band) untersteht Hogwarts einem linientreuen Zaubereiministerium. Die Doppelrolle Severus Snapes ist nicht bekannt, so dass er Schulleiter von Hogwarts wird.

> [Jetzt] bricht ein mächtiges zeithistorisches Thema in die Potter-Welt ein. War es etwa im »Orden des Phönix« die

> Erziehungsdiktatur der Dolores Umbrage in Hogwarts, so nistet diesmal das Unheil im Ministerium für Magie: Es ist von Voldemorts Truppen erobert worden, die jetzt über alle Muggles (Nicht-Zauberer) und Halbblütige (als »schlammblütig« beschimpft) eine Schreckensherrschaft errichten. Überprüfungen der Rassenreinheit werden angeordnet, »ethnische Säuberungen«, weil die Reinblütler verhindern wollen, dass die Herrenkaste der Zauberer durch unsauberes Blut verunreinigt wird. Allein das Kapitel über die »Registrierkommission für Muggel-Gebürtige« zeigt, wie realistisch Rowling die Parallelwelt ihrer Romane aufbaut. Mit allen Details, die wir aus manchen Ereignissen aus unserer real-existierenden Horror-Gegenwart kennen. Auch an dieser Stelle hat sie die Grenze von der Kinder- zur Erwachsenenliteratur eindeutig überschritten. (Kielinger, 23. 7. 2007)

Dolores Umbridge, *nomen est omen,* ist zuständig für Verhöre, Selektion und Deportation von nicht reinblütigen Zauberern. Wiederum greifen Hermine, Ron und Harry an. Es wird eine atemberaubende Wirklichkeit geschildert, in der das zauberische Eingreifen vom Leser wahrscheinlich herbeigesehnt wird. Es findet zwar statt, aber insbesondere Harry vollbringt Großtaten und Rettungen von solcher Grandiosität, dass sich durchaus das Unbehagen des Lesers auch in einen Brechreiz verwandeln könnte.

Diese Inszenierung bringt zum Ausdruck, dass Totalitarismus bekämpft werden muss, aber eben mit Zauberkräften. Bedenklich wäre die Phantasie, es ginge *nur* mit Zauberkräften, denn dann wäre die Entpolitisierung komplett.

J. K. Rowling wird für ihre realistische Darstellung gelobt, wobei jedoch übersehen wird, dass durch ihre *Trivialisierung* – der Verwendung von Reizwörtern, Psycho-Logisierung und Zauberei – genau das Gegenteil geschehen kann: *Es kommt zu einer unbewussten Verharmlosung von Gewalt und Repression.*

So bleibt es dem Integrationsvermögen jedes Lesers und jeder Leserin überlassen, ob die Verführung zu archaischer und totalitärer Grandiosität greift oder ob die Formen ihrer Transformation zur Conditio humana stärker angesprochen werden.

7. Literatur

Ästhetische Grundbegriffe. Historisches Wörterbuch in 7 Bänden. Bd. 4. Stuttgart/Weimar 2002.

Balzer, W. (2005): Symbolisierung als Re-Präsentation von Getrenntheit – ein Auslaufmodell? Psychoanalyse im Widerspruch. 18. Jg., H. 35. Gießen 2006.

Bernfeld, S. (1928): Über Faszination. In: Antiautoritäre Erziehung und Psychoanalyse I. Frankfurt. a. M. 1974.

Bettelheim, B. (1975): Kinder brauchen Märchen. München 1981.

Bodmer, T.: Die Herrin von Hogwarts. Der Stern, Nr. 28, 2007.

Brand/Krischer/Plewnia/Pratschko/Schönstein: Fantasy – Finale mit sieben Siegeln. FOCUS, Nr. 29, 16.07.2007.

Brockhaus Enzyklopädie in vierundzwanzig Bänden. 19. völlig neu bearbeitete Auflage. Mannheim 1988. Bde. 6, 13, 21, 23.

Brown, S.: Harry Potter das Marketingwunder. WELT AM SONNTAG, 8. 7. 2007: 33.

Brückner, N.: Das passiert mit Harry Potter. Bremer Nachrichten, 21.7.2007.

Danckwardt, J. F. (2005): Psychoanalytische Betrachtungen zur Entstehung der bogigen Linie (Container-Contained) bei Paul Klee. Ein Beitrag zur Psychoanalyse des Wachstums und der Beeinflussung. Jahrbuch der Psychoanalyse. Bd. 51. Stuttgart-Bad Canstatt 2005.

– (2006): Der Einriss in der Beziehung des Ichs zur Außenwelt und seine Performance als Restitutionsversuch – Eine Einführung. Jahrbuch der Psychoanalyse. Bd. 53. Stuttgart-Bad Cannstatt 2006.

DIE WELT: Pottermania, 26.02.07.

Erdheim, M.: Revolution, Totem und Tabu. Vom Verenden der Revolution im Wiederholungszwang. Ethnopsychoanalyse 2. Herrschaft, Anpassung, Widerstand. Frankfurt a. M., 1991.

– Editorische Notitz zu dem Beitrag von Kurt Eissler. Ethnopsychoanalyse 2. Herrschaft, Anpassung, Widerstand. Frankfurt a. M., 1991.

Eissler, K. R.: Ich-Stärke und Leben in geschichtlichen Zusammenhängen. Ethnopsychoanalyse 2. Herrschaft, Anpassung, Widerstand. Frankfurt a. M., 1991.

Freud, S. (1904): Zur Psychopathologie des Alltagslebens. GW. IV.

– (1907): Der Dichter und das Phantasieren. GW. VII.

– (1909): Der Familienroman der Neurotiker. GW. VII.

– (1910): Über Psychoanalyse. GW. VIII.

– (1911): Formulierungen über die zwei Prinzipien des psychischen Geschehens. GW. VIII.

– (1912): Totem und Tabu. GW. IX.

– (1913): Das Unbewußte. GW. X.

– (1917): Vorlesungen zur Einführung in die Psychoanalyse. 5. Vorlesung, GW. XI.

– (1919): Das Unheimliche. GW. XII.

– (1920): Jenseits des Lustprinzips. GW. XIII.

– (1928): Kurzer Abriß der Psychoanalyse. GW. XIII.

– (1939): Der Mann Moses und die monotheistische Religion. GW. XVI.

Friedländer, S. (1982): Kitsch und Tod. Der Widerschein des Nazismus. Frankfurt a. M., 2007.

Frijling-Schreuder, E. C. M. (1971): Was sind das – Kinder? Frankfurt a. M. 1974.

Fuller, G.: Kitsch-Art. Wie Kitsch zu Kunst wird. Köln 1992.

Gaschke, S.: Die Welt liest. Das Phänomen »Harry Potter«: Globalisierung kann angenehm und sehr anspruchsvoll sein. DIE ZEIT, Nr. 30, 62. Jg., 19. 7. 2007.

Gattig, E. (2004): »Die Wahrheit ist dem Menschen zumutbar« (Ingeborg Bachmann). Von der Wahrheit innerer und äußerer Bilder des Künstlers. Beitrag für die Tagung Kunst und Psychoanalyse im Dialog am Beispiel von Paul Klee: *Das Unbewußte als Vermittler zwischen Künstler und Betrachter* am 31. Januar 2004 in der Kunsthalle Bremen.

– (2006): Die Sichtbarkeit des Unbewußten. Psychoanalytische Anmerkungen zur Wirkung des Kunstwerkes. In: Greve, G. (Hrsg.): Caspar David Friedrich. Tübingen 2006.

– (2007): Vom schöpferischen Akt zum kreativen Prozess. In: Soldt, P. (Hrsg.): Ästhetische Erfahrungen. Neue Wege zur Psychoanalyse künstlerischer Prozesse. Gießen 2007.

Goethe, J. W.: Dramen Bd. 1. Goethes Werke in vier Bänden. Hamburg, Berlin, 1956.

Haas, E. T.: Und Freud hat doch recht. Die Entstehung der Kultur durch Transformation der Gewalt. Gießen, 2002.

Herding, K., Gehrig G. (Hrsg.): Orte des Unheimlichen. Die Faszination verborgenen Grauens in Literatur und Kunst. Göttingen 2006.

Herkenhoff, P.: Harry bringt das ganz große Geld. DIE WELT, 14. 7. 2007.

Hermes, E. (2005): Johann Wolfgang von Goethe. Faust. Erster und Zweiter Teil. Stuttgart 2007.

Highfield, R.: Zaubern wie Harry Potter. WELT AM SONNTAG, 15. 7. 2007.

Jellinek, L.: Das Phänomen Harry Potter. Eine literaturwissenschaftliche Analyse des Welterfolgs. VDM Verlag 2006.

Kielinger, T.: Potters wahres Ich. DIE WELT, 26. 2. 2007: 8.

– Den Potter in sich tragen. Joanne K. Rowling weinte beim Abschluß der Buchsaga, die sie und ihr mythisches Oevre zu einem Phänomen der Kulturgeschichte macht. DIE WELT, 13. 7. 2007.

– Verrückt nach Harry. DIE WELT, 20. 7. 2007.

– Es geht um den Tod. Mit dem siebten Band der Harry-Potter-Saga hat J. K. Rowling die Grenze zur Erwachsenenliteratur überschritten. DIE WELT, 23. 7. 2007: 23.

Killy, W.: Deutscher Kitsch. Göttingen 1962.

Krah, H., Wünsch, M.: Phantastisch/Phantastik. Ästhetische Grundbegriffe. Historisches Wörterbuch in 7 Bänden. Band 4. Stuttgart/Weimar 2002.

Krekeler, E.: Jugend im Widerstand. DIE WELT, 9.7.2007.

Kühn, H.: Der wahre Feind ist die Pubertät. Frankfurter Rundschau, 10.7.2007.

Langenscheidts Taschenwörterbuch. Latein. Berlin, 1910.

Langenscheidts Taschenwörterbuch. Altgriechisch. Berlin, München 1986.

Laplanche, J., Pontalis, J.-.B. (1967): Das Vokabular der Psychoanalyse. Frankfurt a. M 1971.

Latacz, J.: Sehnsucht nach Einfachheit. FOCUS, Nr. 29, 16. 7. 2007.

Leupold-Löwenthal, H.: Psychoanalytische Bemerkungen zur sogenannten Trivialliteratur. Zwettler-Otte, S. (Hrsg.): Von Robinson bis Harry Potter. Kinderbuch-Klassiker psychoanalytisch. München 2002.

Lexe, H.: Pippi, Pan und Potter. Zur Motivkonstellation in den Klassikern der Kinderliteratur. Edition Praesens 2003.

Lexikon der antiken Mythen und Gestalten. München 1993.

Löffler, S.: Der Buchwelt größte Geldmaschine. Literaturen, 2007, H. 9: 6-9.

von Lovenberg, F.: Erwachsenwerden heißt Sterbenkönnen. Kann jemals wieder alles gut werden? Mit »Harry Potter and the Deathly Hallows« erreicht die erfolgreichste Buchserie aller Zeiten ihr Ende. FAZ, Nr. 168, 23. 7. 2007.

Maar, M.: Warum Nabokov Harry Potter gemocht hätte. Berlin 2002.

– Alles wird gut. Literaturen, 2007, H. 9: 10-17.

Makartsev, A.: Potters neuer Zauber lässt erröten. Bremer Nachrichten, Nr. 43, 20. 7. 2007.

Money-Kyrle, R.: The Aim of Psychoanalysis. Int. J. Psycho-Anal. (1971) 52: 103-106.

Nitzschmann, K. (1988): Psychologische Erkenntnis durch Visualisation. Eine Anwendung von Buytendijks »Psychologie des Romans« auf Dostojewskij und Nietzsche. Regensburg 1988.

– (2000): Verweigerung macht Sinn. Schulvermeiden und Weglaufen als Selbstfindung. Frankfurt a. M. 2. Aufl. 2003.

Rank, O. (1909): Der Mythus von der Geburt des Helden. Schriften zur angewandten Seelenkunde. H. 5. Deuticke. Wien.

– (1932): Kunst und Künstler. Studien zur Genese und Entwicklung des Schaffensdranges. Gießen 2000.

Rose, G. J. (1980): The Power of Form. A Psychoanalytic Approach to Aesthetic Form. Madison. CT: International University Press 1992.

– (2007): Affecto-Motor Sublimation: A Non-Narrative Approach to Abstract Art and Music. Manuskript. IPA-Tagung. Berlin 2007.

Rowling, J. K.: Harry Potter und der Stein der Weisen. Hamburg 1999.

– Harry Potter und die Kammer des Schreckens. Hamburg 1999.

– Harry Potter und der Gefangene von Askaban. Hamburg 1999.

– Harry Potter und der Feuerkelch. Hamburg 2000.

– Harry Potter und der Orden des Phönix. Hamburg 2003.

– Harry Potter und der Halbblutprinz. Hamburg 2005.

– Harry Potter und die Heiligtümer des Todes. Hamburg 2007.

– (1997): Harry Potter and the Philosopher's Stone. Great Britain 2000.

– (1999): Harry Potter and the Chamber of Secrets. USA 2000.
– Harry Potter and the Prisoner of Azkaban. Bloomsbury 1999.
– Harry Potter and the Goblet of Fire. Bloomsbury 2000.
– Harry Potter and the Order of the Phoenix. Bloomsbury 2003.
– Harry Potter and the Half-Blood Prince. Bloomsbury 2005.
– Harry Potter and the Deathly Hallows. Bloomsbury 2007.

Saitner, B.: Angst und Konfliktbewältigung in modernen Märchen: Harry Potter. Analytische Kinder- und Jugendlichen-Psychotherapie. H. 114, 33. Jg., 2/2002.

Schneidewind, F.: Das ABC rund um Harry Potter. Berlin 2000.

Schmuckli, L.: Begehren nach Bildern. Freuds Bildkonzept – Spuren der picturalen Wende. Wien 2006.

Seiffge-Krenke, I.: Die Bedeutung von Phantasieproduktionen für die Psychotherapie bei Kindern und Jugendlichen. Analytische Kinder- und Jugendlichen-Psychotherapie. 32. Jg. H. 109, 1/ 2001.

Stosch, S.: Die Jahre mit Harry. Hannoversche Allgemeine. Beilage, 30. 6. 2007.

Subkowski, P.: Harry Potter – das Trauma als Motor der psychischen Entwicklung. Praxis der Kinderpsychologie und Kinderpsychiatrie. 53. Jg., 2004.

Türcke, C. (2002): Erregte Gesellschaft. Wiederholungszwang als Nerv und Gift der Kultur. Jahrbuch der Psychoanalyse. Stuttgart-Bad Cannstadt 2006. Nr. 53: 53-71.

Wünsch, M., Krah, H.: Phantastisch/Phantastik. Ästhetische Grundbegriffe. Historisches Wörterbuch in 7 Bänden. Bd. 4. Stuttgart/Weimar 2002.

Zwettler-Otte, S.: *Harry Potter* und die Bausteine eines Welterfolgs. Zwettler-Otte, S. (Hrsg.): Von Robinson bis Harry Potter. Kinderbuch-Klassiker psychoanalytisch. München. 2002.